女神なアパート管理人さんと始める異世界勇者計画

megami na apart kanrinin
san to hajimeru
isekai yuusha keikaku

プロローグ

異世界に召喚された。

剣と魔法に女神と魔王、ダンジョンやモンスター、そして勇者。そんな世界だった。

——これはチャンスだ。

異世界に来たなら夢を持つべきだ。そしてこの世界で一番大きな夢といえば勇者だ。

自分には東京の文化的生活のアドバンテージがある。ギフトされた能力もあるし東京の生活で得た多くの知識を持っている。それを利用すれば簡単に勇者にのし上がれるんじゃないか。

……しかし誤算があった。

この異世界には召喚者が多すぎた。

ほとんどの知識は異世界に持ち込まれ、それらの価値は大きく下がっていた。召喚者たちは異世界の学校に押し込まれ、地道な職種を斡旋《あっせん》されることになる……。

異世界に来て一週間。神代湊《かみしろみなと》はそんな学校から抜けだした。

違うと思ったからだ。これは自分が思い描いた異世界生活じゃない。異世界生活はもっと自由であるはずだからだ。こうなったら自分の力で勇者になってやる——。

そして今。神代《かみしろ》は樹《き》の下で、鉛色の空を見上げながらひとり立ちつくしている。

異世界の雨はとても冷たかった。

東京では時間だけを浪費していた貧乏生活があった。何を目指すわけでもなく、ただ生きているだけの毎日。だからこそ変わりたかった。ここは異世界だから変われると思った。でも、異世界でも腹が減る。そして住む場所も必要だ。そしてそのためには——金がいる。

異世界に来ても金なのか……。

異世界に来たら仲間を探し自由気ままに冒険するはずだった。それなのになんで生活の心配をしなければいけない？　これじゃあ東京の貧乏生活と変わらない。

異世界生活のギフトはどうなってる？　この世界に女神様がいるならなんとかしてくれ。

「あのう、行くところがないんですか？」

振り向くと、立っていたのは——女神だった。

とても綺麗《きれい》な人だった。まるで彼女が光を放っているようにさえ感じる。灰色の街はカラフルになり、空から光の粒が降ってくる。

彼女の微笑《ほほえ》みに神代《かみしろ》は一瞬で魅了された。

「だったら……私と一緒に暮らしませんか？」

やるじゃん異世界！　やっぱりうまくいくようにできているんだ。

神代《かみしろ》はなんの疑いもなくその手を握った。

そして確信した。本当の異世界生活はここから始まるのだと。

1

megami na apart
kanrinin
san to hajimeru
isekai yuusha keikaku

異世界
四畳半生活

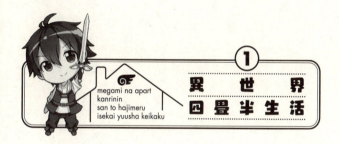

意識は心地よく夢と覚醒の狭間《はざま》を漂っていた。

まず感じたのは硬い布団《ふとん》の感触。窓から吹き込む風と一緒に小鳥のさえずり。

いつもの部屋だ。

小鳥がちゃぶ台のパンくずをついばんでいるのも毎朝のことだ。

映画のセットのような古びたアパートでの大学生活。玄関とトイレは共同、風呂《ふろ》なし収納なしの四畳半生活。それでも荷物も希望もないので広く感じる部屋……。

『いまだに魔王の居場所、動向とも不明です』

『密林区において新しいダンジョンが発見されたもよう。ギルドが探索とマッピングチームを募っています』

……ん、なんだこの声は？

神代湊《かみしろみなと》の意識は一気に覚醒していった。

目を開けると天井の木目が見えた。薄い布団《ふとん》に汚れた畳と小さなちゃぶ台。ちゃぶ台の上には数羽《わ》のカラフルなオウムらしき鳥がいる。

『明日から竜の軍と虎の軍の演習が国立公園で行われる予定です。オッズは均衡しているようです。以上、帝国軍ニュースでした』

オウムがパンくずをついばみながらしゃべっている。自分はまだ夢を見ているのか？

「そっか」

そうだ、ここは夢の中でも東京でもない。

神代《かみしろ》が体を起こすと『それではまた夕方』と、オウムたちは開いた窓からバサバサと飛び去っていった。

布団《ふとん》干しのような柵があるだけの窓に近寄る。部屋の前の樹木は朝日を浴びて葉をエメラルドグリーンに輝かせている。空にはグリフィンが飛び、道にはダチョウのような巨大な鳥が人と荷物を載せて走っている。

目の前にはレンガ造りの水道橋があり、その向こうには西洋風の城の輪郭がぼんやりと見える。夜中に降り始めた雨があがったばかりで空には虹がでている。それを背景に巨大な樹木……。それは世界樹と呼ばれるこの国のシンボルだ。

と、部屋の扉がノックされた。返事をすると、ガタガタと音をたてて扉が開かれ、同時に部屋が聖なる光で満たされた気がした。

「おはようございます」

部屋に入ってきたのは女神だった。

栗色《くりいろ》の長い髪とスレンダーな体。スミレ色の大きな瞳を瞬《まばた》くたびに光が散るようなが気がしてまぶしい。茶色い布のワンピースは高価なものではないが、彼女の光量が衰えることはない。

……夢じゃなかった。と、思った。この異世界での彼女との出会いは現実だった。そして、二人は同じ屋根の下で暮らし始めた。

「よく寝られましたか?」

「はい。ぐっすりです」

「よかったです。お部屋を気に入っていただけたようで」

管理人さんは両手を合わせるようにして微笑《ほほえ》んだ。

……そう、彼女はこのアパートの管理人さんで、名前はライアという。

「よかったら朝ご飯を一緒にと思いまして」

管理人さんがいそいそと朝ご飯の用意をしてくれる。彼女はこのアパートの住み込みなので、確かに一緒に住んでいることになる。昨日の「一緒に暮らしましょう」はアパートの部屋への勧誘だったのだ。冷静に考えれば、たとえ異世界だとしても初対面でいきなり同棲《どうせい》はありえなかった。……だけど、この人の笑顔で思考が停止してしまった。

神代《かみしろ》は薄いせんべい布団《ぶとん》をたたみながらちゃぶ台を用意する。それらは前の住人のもので、勝手に使っていいらしい。

神代《かみしろ》の所持品はというと、衣類や歯ブラシなどの生活用品と配給された剣ぐらいだ。つまり体ひとつでこのアパートに飛び込んだようなものだ。

いや、他にも小ぶりな壺《つぼ》がある。中に入っているのは醬油《しょうゆ》だ。隙をついて寮の食堂から持ってきたのだ。これさえあれば食生活はどうにかなる。

この世界には日本人が継続的に召喚されているため、文化も流入しているようだ。さらに言語は日本語が共通語となっている。

ちゃぶ台を拭いていると、窓から太ったハトのような鳥が入ってきた。太ったハトはちゃぶ台に着地すると、首をかしげるように神代《かみしろ》を見る。

ことんとちゃぶ台に卵が転がった。……いきなり卵を産みやがった。

ハトは卵を産み終わると、畳の上に置かれた財布から銅貨をくわえて飛び去っていく。

「え？　何これ？」

卵を手に呆然《ぼうぜん》としていると、管理人さんがくすっと笑った。

「卵の配達ですよ。部屋に配達してくれる業者がいるんです」

「金がかかるんですか」

「一回受け取ると、毎日来るんですよ」

「押し売りみたいだな」

こんなビジネスまであるのかと驚く横で、管理人さんはお茶を淹《い》れてくれている。

「それじゃ、いただきます」

硬いパンにバターを塗っただけの食事だが悪くない。お茶は……日本茶みたいな味だ。

お茶はとても薄いが、管理人さんの笑顔を見ているだけで幸せな気分になる。

「なんか、すいません。いろいろとしていただいて」

この世界では召喚者は信用があるとはいえ、初対面の人間の世話をここまで焼いてくれるのはすごいことだ。

「実は私、三日前にここのアパートの管理人になったばかりなんです。だから、ここで頑張る人を応援したいんです」

管理人さんは無邪気に笑った。

「神代《かみしろ》さんは召喚者なんですよね。召喚者はこの世界に大きな恩恵を授けます。知恵や文化や倫理まで。学校に通い、いろいろな仕事に就いて生き物や鉱物の辞典を作ったり素晴らしい人ばかりです」

彼女の言う学校とは召喚者用の学び舎《まなや》だ。召喚者はこの世界の生活になじみ、適切な職業に就くために学校に通う。神代《かみしろ》もその学校に数日だけ通い、この世界について最低限の知識は持っていた。

「それがですね……」

「神代《かみしろ》さんも学校に通って素晴らしい仕事に就くんですよね。でしたら、そのお手伝いをしたいです。いいえ、それが私の役目です」

……あまりに笑顔がまぶしすぎて何も言えない。

「それにしても、寮があるのになんで部屋探しをしてたのです？」

「ちょっと訳があって、寮を飛びだしまして……」

「すごいです！　わざわざ恵まれた環境を捨てて自らに試練を与えたのですね。そして自分自身の目でこの世界を見たいということですね」

「……はい」

管理人さんの勢いに負けて、神代《かみしろ》はうなずくしかなかった。

「この世界はつらいことも多いですけど、このアパートは夢をかなえるための優しい場所にしたいんです。この世界で頑張る住人を応援し理解する管理人になりたい……」

どうしたらこんなにも混じりけのない純真な表情ができるのか。やっぱり苦労とか知らずに育ったお嬢様なのだろうか。

「あの、他の部屋の住人はどんな感じなんですか？」

神代《かみしろ》は話題を変えた。このアパートは木造二階建てで、一階は大きな窯や空っぽの厩舎《きゅうしゃ》があるだけで、二階が住居になっている。ちらっと確認したところ六部屋ぐらいあったはずだ。

「向かいの部屋にミゼットのクレイさんが住んでいます。……あとは、よくわからないんです」

管理人さんはペロッと舌を出した。

「挨拶をしようと思っても、なかなか顔を見せてくれなくて」

部屋は通路を挟んで両サイドに三つずつ六部屋。神代《かみしろ》の部屋は水道橋側の真ん中の部屋だ。両サイドの住人はどんな人間なのか。いや、どんな種族なのか。

とりあえず管理人室を含め、六部屋は埋まっているらしい。

挨拶をしたほうがいいだろうか。こんなにもボロボロで壁も薄いはずなのに、両サイドは異様に静かだ。本当に人が住んでいるのか……。

「私はアパートの管理人の登録などで、街に行かねばなりません。神代《かみしろ》さんは気にせず学校に行ってくださいね」

管理人さんはにこっと笑うと、ちゃぶ台を拭いてから戻っていった。

「うーん」

神代《かみしろ》は窓枠に絡《から》みついた蔓《つる》から、リンゴのような小さな実を取った。かじるととても酸《す》っぱいがほのかに甘みがあるよくわからない果物だ。この植物は隣の部屋、四号室からのびてきたものだ。窓越しに窺《うかが》ってみたが、窓の棚が植物におおわれている。

「挨拶しておくか」

神代《かみしろ》は東京での生活を思いだした。大学二年生の神代《かみしろ》が住んでいたのは、ここと同じような共同玄関のアパートで、住人は何をしているかわからない連中ばかりだった。それでも挨拶をしたら、釣りにいって魚を持ってきてくれたり、馬券が当たったからと酒をおごってくれたこともある。

やっぱり新生活は最初が肝心だ。

……といっても、挨拶に持っていく洗剤もお菓子もない。東京のひとり暮らしも荷物がどんどん減っていき、増えたのは独り言ぐらいだった。

しかたなくまだ使っていないタオルを手に、部屋の外に出る。

薄暗い板張りの廊下は、歩くとぎしっと軋《きし》んだ音を立てる。

右手にトイレと炊事場、そして階段がある。神代《かみしろ》の部屋は五号室で、管理人さんの部屋は一号室だ。

まずは右隣の六号室を窺《うかが》ってみる。分厚い木製の扉の向こうは物音ひとつしない。

ノックをしたが……やはり返答はなかった。

まったく生活音がないので本当に入居しているかも怪しい。そして気配がないのは四号室も同じだ。あの植物に覆われた窓の部屋に人が住んでいるように思えなかった。

ダメもとでその四号室をノックしてみる。

《はーい》

とってもクリアな声が返ってきた。

「えっと、あの、昨日から隣に引っ越してきた者ですが」

《へー、そうなんですか。じゃあ、どうぞ》

どうぞと言われてしまったので、ごくりと唾を飲み込んでから扉を開ける。

「うわあ」

部屋の中に足を踏み入れた神代《かみしろ》は立ちつくす。中に入ったと思ったら外だった。何を言っているのかわからないだろうが自分もわからない。

緑の絨毯《じゅうたん》は芝生だ。壁や天井は蔓《つる》で覆われ、藤のような花が垂れ下がっている。見たことのないキノコや花が咲き乱れ、天井から水が降ってきている。……中なのに外だ。

「ああ、なんか風が気持ちいいな」

まるで外にいるみたいに風がある。というか窓ガラスがはまってなかった。

《もしかして召喚者？》

声が妙な場所から聞こえる。壁に大きなキノコが生えており、そこに座っていた。

それは羽の生えた半裸の女の子だった。

「まさか、妖精？」

話には聞いていたが、本当に存在したのだ。さすが異世界だ。

《君の世界には妖精はいなかったの？》

「ヘプバーンとかジジ・ハディッドはいたけどね」

神代《かみしろ》は妖精から目を逸《そ》らす。小さいとはいえ女の子のような体で裸だ。

《別に気にしなくていいよ。妖精なんだから》

察した妖精が言う。そうか、ここは異世界だからいいんだ。裸の妖精がいるのが普通なのだと神代《かみしろ》は芝生に座った。召喚されて一週間、初めて異世界に来たという気持ちになった。

「俺は神代湊《かみしろみなと》。君は？」

《私は、ベスって呼ばれてる。妖精っていうか魔力の集合体なんだけどね》

「四号室の住人は君だったんだ。まさか妖精の隣に住むことになるなんて」

妖精がお隣さんなのだ。部屋が外だろうが、もう何があっても驚くまい。

《正確には、私は住人じゃないんだけどね》

「……ん？　他に誰かいるの？」

外のようだといってもこの部屋も四畳半だ。こんな中に……。

……部屋の花畑が動いた。

いや花畑じゃなかった。むくっと体を起こしたのは金髪の女性だった。

輝く金髪は花で飾られていた。サファイアのような青い瞳、とがった耳。天井の穴から垂れる雨水を受けて全身がキラキラと光っている。

「エルフ」

まさしくエルフだ。肌は真っ白で……上半身は裸だった。

《この子はリズラザ。リザって呼んでいいよ》

妖精が教えてくれる。このエルフがこの部屋の主なのだ。

「そっか、リザか」

裸のエルフを前にどきりとしたが、神代《かみしろ》はすべてを受け入れた。ここは異世界だからエルフも裸で当然だ。この世界はとても素晴らしい。

起き上がったエルフは目をごしごしと擦ると、やっと神代《かみしろ》に気づいた。

「あの、隣に引っ越してきた神代湊《かみしろみなと》です。えっと、お近づきの印に……」

神代《かみしろ》がタオルを渡そうとすると、エルフは胸を隠すようなしぐさをしながら手を出した。

そして引っ張ったのは、タオルではなく神代《かみしろ》が着ていたパーカーだ。ぐいぐい引っ張られるのでパーカーを脱ぐと、それをエルフがのろのろと羽織っている。

「……見た？」

「うん。エルフを初めて見て感動したよ。エルフも妖精だから裸なんだねえ」

そんなことを言う神代《かみしろ》の前で、エルフは何やらぶつぶつとつぶやいている。

《記憶消去の詠唱って、それじゃなかったような》

ベスがひそひそ耳打ちしている。このエルフは魔法を唱えようとしている。

「ていうか、怒ってる？」

《あ、エルフは服を着るし、恥ずかしい感情とかあるからさ》

今さらベスがペロッと舌を出す。

エルフは詠唱をあきらめ、部屋の茂みを探している。そして手に持ったのは包丁だった。

パーカーを羽織ったエルフが、包丁を持って立ち上がる。

「え、え？」

こいつ、魔法をあきらめて物理的に神代《かみしろ》を消去するつもりだ。

エルフに包丁という組み合わせは怖い。魔法の杖《つえ》とか弓矢で攻撃されたほうがまだマシだ。

「まった、まった、助けてくれ！」

慌てて神代《かみしろ》は外のような部屋から廊下に飛び出た。そのままアパートの外に逃げようと、廊下を走った神代《かみしろ》は、いきなり開いた扉の中に引きずりこまれた。

「……え？」

そこは殺風景な薄暗い部屋だった。石やら鉄片やらが転がっており、そして扉の横には岩のようなものが……。

「お前は人間か？」

岩がしゃべった！ ……よく見ると人だ、いや、おっさんだ。

それはひげ面《づら》のドワーフだった。本物のドワーフを見たことはないが、ドワーフとしか表現できないぐらいのごつさだ。

「そうです、五号室に引っ越してきたんですけど、ちょっとトラブルがあって」

ここは三号室だ。そして住人はドワーフなのだ。

「とにかく助かりました」

そっと扉越しに様子を窺う。エルフは追ってこないようだが……。

「よし、助けてやったかわりになんか買ってけ！」

「ちょっと、もう少し静かに話して！ ……ていうか、ここは店なの？」

「見ればわかるじゃろが」

「えっと、酒屋？」

「ドワーフといったら武器屋じゃろがい」

よく見ると、なんだか武器っぽいものや素材が転がっている気がする。が、それ以上に酒の瓶が転がっている。テーブル代わりに使っているのはおそらく葡萄酒《ぶどうしゅ》の樽《たる》だ。そしてドワーフは今も酒らしきものを飲んでいる。

「そういえば確かに三号室はなんか看板があったような」

本当に武器屋なのかもしれない。じゃあ一階にあった大きな窯は武器を作るものなのか。

「……ん、異世界人か？」

「そうです、召喚者の神代湊《かみしろみなと》といいます」

ひげ面《づら》のドワーフはじっと神代《かみしろ》を見ている。

「召喚者か。人間には武器を簡単に売らないが、特別に売ってやってもいいぞ」

「でも、あんまり持ち合わせがなくてですね」

この世界では武器は高価で、ゲームのように簡単に購入できないとの知識はあった。

「じゃあローンを組め」

このおっさん強引すぎる。

「ローンはなあ……」

大学の友人がローンで妙な絵画を買わされたことがある。返済で四苦八苦する姿を見て、ローンはやめようと学んだのだ。するとドワーフがにやっと笑った。

「じゃあこういうのはどうだ？　いくら無茶なローンを組んでも毎月の返済額が一定という夢のようなシステムがあるんじゃが」

「それリボ払いってやつ！　いくら払っても元金が減らない悪魔のローン」

召喚者はそんなシステムまで持ち込んだのだ。

「ちっ、融通の利《き》かないやつじゃの……ん？」

ドワーフは神代《かみしろ》の腰に視線をやった。

「その剣はなんじゃ？」

「ああ、これ召喚者の学校でもらったやつなんです」

細身の剣をもらったのだ。軽く細いのでいつも腰に差している。

ドワーフが食いついたので、その剣を渡してみる。しばらく見ていたが首を振った。

「うーん、駄目じゃな。こんなもんを使ったら一発で折れちまう」

「確かに実戦向きじゃないかもしれませんねえ」

「よし、この剣、わしがなんとかしてやるわい。まかせとけ」

「ん、まかせとけってどういうことです？」

「いいから、あとでお前の部屋に代わりのを持ってくから。それがわしの引っ越し祝いじゃ」

「えっと……」

「いいからまかせとけ」

強引なドワーフに負けて、神代《かみしろ》は剣を取られて部屋から追い出されてしまった。

……なんだか挨拶に行くたびに、身ぐるみをはがされている気がする。

がちゃんと扉が開いた。

硬直する神代《かみしろ》の前に姿を現したのは小さな女の子だった。

扉が開いたのは二号室。神代《かみしろ》の向かいの部屋だ。

「……えっと、あなたは？」

ショートヘアーの小さな女の子がきょとんとしている。

「あ、俺はこのアパートに引っ越してきて……」

やっとまともな住人かと思ったが、彼女はさすがに小さすぎないか？　どう見ても小学生ぐらいなのだが。

「えっと、親御さんと一緒に住んでるの？」

神代《かみしろ》はかがむと彼女の頭をなでてやる。

「違います。僕はミゼットの……男の子です」

手を払われ睨《にら》まれてしまった。

「あ、ミゼットか。ごめん」

ミゼットの体つきは華奢《きやしや》で、それぞれのパーツがかわいらしいぐらいに小さい。だけど目はぱっちりとても大きかった。

「ミゼットを知らなかったって……もしかして召喚者ですか？」

「うん、そうなんだ」

うなずくとミゼットの表情がぱあっと明るくなった。

「そうなんですか。えっと、僕はクレア……クレイって言います」

「俺は神代湊《かみしろみなと》。これはお近づきの印に」

なぜだか印象が良かったらしい。タオルもやっと渡すことができた。

「俺はこの五号室で……」

神代《かみしろ》の部屋の中から音が聞こえた。ちゃぶ台をひっくり返す暴力的な音。

《ちゃぶ台の下にはいないねえ》

ベスの声が聞こえた。エルフが神代《かみしろ》を探しているようだ。

「それで僕はこれから出かけるんですが」

「じゃあ、一緒に行っていいかな。いや、ぜひ一緒に行きたい！」

神代《かみしろ》はクレイと一緒に逃げるようにアパートから出る。

＊

少し時間をつぶさねばと思った。エルフの件もそうだが、管理人さんに学校をやめたことを知られたくなかった。彼女の純真な笑顔を曇らせたくない……。

「街はずれで採集と素材集めをするんです」

隣を歩くクレイが言った。

「採集と素材集めって、なんか異世界って感じだなあ」

ファンタジーゲームもそういった作業からスタートだ。様々な場所を探検して物資を手に入れるというサイクル。やっぱり効率がいいのはポーションの原料などだろうか。そんな薬草をかき集めれば、あっという間に資金ができるはずだ。

それにしても街は思ったよりも清潔で整備されていた。

石畳のサイドには排水溝があり水はけがいい。街は全体的に起伏に富んでおり石段が目立つ。ところどころに公園のように整備された場所がある。そんな空き地では吟遊詩人らしき人間が歌っており、それを子供や老人たちが聞いていた。

すぐ近くではクレイと同じミゼットたちが石畳の整備をしていた。

「こうして街を歩くとミゼットが多かったんだな」

神代《かみしろ》が街に出てきたのは昨日が初めてで、さらに切羽詰まっていたため、周囲を観察する余裕がなかった。

「ミゼットは街を維持する安価な労働力ですからね」

「給料とか出るの？」

「もちろん。街の整備は公共事業ですから」

奴隷などではなく自らの意思で働いているようだ。

「出稼ぎで郷から人間の街に出てくるミゼットが多いですよ」

「クレイもそうなの？」

聞くとクレイは困ったように笑った。

「僕はお金を稼ぐためじゃなく、戦うために来たんです」

「戦うって、クレイが？」

こんな小さな体で戦おうというのか。

「僕は、勇者にあこがれてるんです」

その言葉に神代《かみしろ》はどきりとした。勇者、それは特別な召喚者に与えられる称号。

「前の魔王との戦争で勇者様は多くのミゼットの郷を救いました。いまだに僕の郷でも歌として伝わっています」

神代《かみしろ》は詳しく知らないが、赤い季節と称される前魔王との戦争は百年前とされる。

その戦争で多くの種族をまとめ、中心となったのが、召喚者の勇者だ。

「ミゼットの郷にも、新しい魔王が誕生したとの噂《うわさ》が伝わっています。だから、僕は勇者様の役に立ちたくて街に出てきたんです」

「じゃあ、モンスターと戦ったりしてるの？」

質問にクレイはしゅんとする。

「ミゼットだけじゃ迷宮や遺跡探索もできません。人間の冒険者と一緒に行動しなきゃいけない制約があるんです。それに遠征資金なども自腹ですし」

「でも、けっこう装備がちゃんとしてるな」

クレイは革の鎧《よろい》や短剣を装備している。

「全部ローンなんです。この前の剣は簡単に折れちゃって、今の剣と合わせてローンを二重で払わなきゃいけません。そうしたら金利を払うだけで精いっぱいで内職をする毎日です」

なんだか胸が痛い。ここは自由な異世界じゃなかったのか？

「他にも武器を作る窯に投資をしろとか、ブランド物の剣の一口所持者にならないかとかって話がありまして」

「うわ、すっげえ怪しい話」

「そのお金はまったく戻ってきません」

……だまされたようだ。田舎から出てきた人間が都会でだまされるやつだ。

「そういや、うちのアパートにも武器屋があったな」

そんなことを話しながら歩いていると、いつの間にか大通りに出ていた。

ダチョウのような鳥が荷物を運びながら走っている。聞くと街中の移動手段はあの鳥が使われることが多いらしい。排ガスも出さないエコな乗り物だ。

さらに歩くと、巨大なドームのような石造りの建物が見えた。

「あそこはコロッセオです。レースや模擬戦が行われたりするんですよ」

コロッセオへの石段には多くの中年が座って、新聞のような紙とにらめっこしていた。

『カーゴ6レースのオッズは……』

『コロッセオのロングソード条件戦の出場者は……』

それは街路樹にとまるオウムたちの声だった。

『レース結果！』などと叫びながらオウムが飛んでいる。

「すげえな……ん？」

見覚えのあるドワーフの後ろ姿が見えた。「くそっ、すっちまった！」などと叫びながらどたどたとコロッセオへ走っていく。あいつ、うちのアパートのドワーフじゃないか？

「あの」

クレイが神代《かみしろ》を見ている。

「神代《かみしろ》さんは召喚者の学校に行くんですよね。ここからバスかタクシーに乗っていけますよ」

「え、バスとかタクシーとかあるの？」

「はい、あそこです」

「あー、やっぱりあの鳥か。いや、こっちの世界らしいけど」

大通りにバス停らしきものがあり、ひときわ巨大な鳥が引く車がバス停に入ってくる。

「……えっとさ、せっかくだから今日はクレイを手伝っていいかな」

「学校に行かなくていいんです？」

「なんていうか、学校での勉強よりも、現場でこの世界のことをもっと知りたいから」

神代《かみしろ》はそう言い訳してクレイについていくことにした。

人々がにぎわう中心部を抜けて郊外に向かう。

しばらく歩くとだだっ広い平原と森が見えた。

「ここで採集などをしているんです」

見たことのない植生だった。森もなんというか優しい緑ではない。東京タワーのような高さの樹木が何本も突き出て、木々の枝はうねり、葉の色も形も多種多様だ。過酷な生存競争を表現しているかのようでなんだか怖かった。

クレイはさっそく採集を始めている。

採集は思った以上につらかった。

当然のことながら、まず神代《かみしろ》は採集するべき植物がわからなかった。さらにそこは整備された場所ではないので、すぐに足腰ががくがくする。

「これは根が重要なのでそっと抜いてください。あまり取りすぎないで」

それでもクレイは丁寧に教えてくれる。

ニラのような匂いの草を抜き、ワラビのような山菜を摘む。少し森に入って小さな実を集め、クレイを肩車して木の幹に生えたキノコを採る。

「いやあ、けっこう頑張ったな」

朝から始めたが、すでに日が高くなっていた。

「手伝ってくれたおかげではかどってます」

クレイは膨らんだ布袋を見せた。

「これでどのくらいの金になるの？」

「お金にはなりませんね。レアな草もなかったですし、持ち込んだらパンと交換してもらえるぐらいですかね」

神代《かみしろ》は唖然《あぜん》とした。この労働が金にならないというのか？

「これだけ頑張ったのに？」

「考えてください。採集なんて誰でもできるんですよ。なんていうか召喚者の人って、採集で暮らしていけると思ってませんか？」

クレイが少し怒っている。

「じゃあさ、薬草みたいなのは生えてないの？」

「調合する薬草はありますけど、それらは施設で量産されますからねえ。野生の高価な植物はプラントハンターの冒険者が採取しますので」

「じゃあ、クレイはどうやって現金収入を？」

「基本的に内職でしょうか」

クレイは鳥の羽根を拾ったり、細い竹のような植物を刈っている。

「こんな素材を加工して売るしかないですね」

この異世界も地道に稼がなきゃいけないのか……。

「じゃあさ、ウサギを狩るとか」

コロシアム近くの出店では肉の串焼きのようなものが売られていた。だったら肉の需要はあるはずだ。そして平原には多くのウサギがいた。

「捕まえられるわけないでしょ。そういった装備を持ってないんですから」

「いやいや、わからないじゃん。ウサギだよウサギ」

元の世界のウサギとは少し違うが、しょせんふわふわの毛におおわれた草食動物だ。

神代《かみしろ》はクレイを説得して、強引にウサギ狩りを敢行することにした。

平原に出るとウサギらしきものがのんきに草を食《は》んでいる。ちょっとかわいそうだが、弱肉強食は宇宙の理だ。異世界生活の犠牲になってもらうしかない。

「……そっちに逃げましたよ！」

クレイが剣を使ってウサギを追い立ててくれている。待ち構えていた神代《かみしろ》はウサギに飛びかかるが、素早い動きでかわされる。このウサギ、思った以上に機敏だ。

「くそっ、くそっ……」

神代《かみしろ》はヘロヘロになりながら走るが、ウサギはこちらをからかうかのように飛び跳ねている。

「どりゃあ！」

神代《かみしろ》は最後の力を振り絞ってダイブする。

むにゅっとした感触があり、その柔らかい物体を必死でつかむ。

「ひゃあああ！」

ウサギが悲鳴を上げた。……違う。神代《かみしろ》が抱きかかえていたのはクレイだった。ウサギを追い立てていたクレイにダイブしてしまったのだ。

「もう、いい加減にしてください！」

クレイに蹴り飛ばされてしまった。

「……無理だな。捕まえたとしてもカロリー的に割に合わない」

「だから言ったでしょ」

クレイは自分の体を抱きしめるようにへたり込み、涙目でこちらを睨《にら》んでいる。

そういえば神代《かみしろ》は、期間限定で働いていた『ふれあい広場』の太ったウサギや、友達となんとなく入ったウサギカフェのウサギしか知らなかった。

対して野生のウサギは生きることに必死なのだ。……いや、単純に東京でウサギを狩ったことなどなかった。それなのにいきなり異世界に来て、素手で捕まえられると思ってしまった。

「もう帰ります」

冷たい表情のクレイは布袋を持って歩きだす。なんだか怒らせてしまった。

「俺が持つよ」

神代《かみしろ》はクレイから強引に布袋を取り上げた。

そのまま来た道をトボトボと戻って歩く。あっという間に昼すぎだった。

向かったのは石造りの建物がずらっと並んでいるエリアだ。

「ここのエリアは役所などがあります」

クレイは石畳の路地を進んで大きな建物の中に入った。中では多くのミゼットが草や木の実などを仕分けしている。

「これをここに卸すんです」

施設を見て気づく。これは低所得者などを対象にした保護施設のようなものだ。異世界のセーフティーネット。召喚者たちがそんなシステムを持ち込んでくれたのだ。

神代《かみしろ》が持っていた布袋を渡すと、窓口の男性はそれを雑に調べ何かの塊を渡してきた。

「なんだこれ。……石か？」

カチンカチンの塊が二つある。

「パンですよ、それ」

当然のようにクレイが言う。……これがパンなのか。というかあれだけ苦労した対価がこれだけなのか。

「今日はあまり採集に集中できませんでしたからね」

クレイは皮肉を言いつつも、神代《かみしろ》に石のようなパンを一つ分けてくれた。

聞くとこの街にはこのようなセーフティーネットのようなものがありパンが配られるらしい。

それでもクレイのように採集物資の搬入など、ある程度の労働が必要なのだ。

「貴重な植物は森の深層にあります。でも、そこを探索するには冒険者の免許が必要ですからねえ」

神代《かみしろ》は硬いパンをまじまじと見つめる。

「こんな硬いパンを食べるんなら、せめて耳のほうがよくないか？」

東京のひとり暮らしの味方は、近くのパン屋で無料でもらえたパンの耳だった。

「ああ、耳なら入っているよ。それと交換してもいい」

中年男性がうなずき、棚から何かを出してきた。

「……なんだこれ？」

箱には浅黒い物体が大量に入っている。

「ゴブリンの耳だ」

平然と言われてのけぞった。討伐の証拠として冒険者から持ち込まれた耳らしい。

「焼くとおいしいぞ」

「いやいやいや、無理です」

神代《かみしろ》はクレイの手を引いて逃げるように建物から出た。

……やっぱり文化が違う。同じ貧乏生活でもまったく別だ。

「まあこれで今日のご飯は確保しましたから」

クレイは他にも野菜くずのようなものをもらっていた。これをスープにするらしい。


「あっという間に日が傾いてきたな」

用事を終えるともう夕方だ。すでに街の店で男たちが酒を呑んでいる光景がある。

そんな街中を歩いて二人はアパートに戻った。

昨日入居したばかりのこのボロアパートがなんだか落ち着く……。

二階に上り、クレイと別れて神代《かみしろ》は自分の部屋に入った。

「ふう……」

神代《かみしろ》は開け放した窓の柵に腰掛ける。巨大な水道橋が夕日に染まっていた。

夕暮れの風景を見ると、少しだけ東京が懐《なつ》かしくなった。何を目指すわけでもなく、ただ時間が過ぎていったあの生活。あの場所から抜けだしたかった。でも、こうして東京を離れてみると、とても胸が痛くなるのはなんでだろう……。

「泣いてるの？」

はっと横を向くと、隣の窓の柵にあのエルフが座っていた。

「いや、なんか前の街を思いだして。それより、今朝のことだけど……」

「もういい」

《ちゃんと説明しておいたから。これは貸しだけどね》

いつの間にか妖精のベスがいて、神代《かみしろ》の耳元でささやいた。

エルフのリズラザは神代《かみしろ》のパーカーを着て外の景色を見ていた。直接パーカーだけを着ているので、すらっとした足が無防備だ。昭和のようなアパートとエルフの取り合わせは少しシュールだった。パーカーは東京から持ってきた神代《かみしろ》の数少ない荷物だったので、返してほしかったが言えない。

「あんな水道橋あったかな」

リズラザがつぶやいている。

「ん、最近できたばっかりなの？」

「ずっと眠ってたから気づかなかった、のかも」

このエルフ、どれくらい眠ってたんだ？

「改めて、よろしく。昨日引っ越してきたばかりなんだ」

「……召喚者？」

神代《かみしろ》はうなずいた。この世界の人間と変わらないが、やっぱり召喚者だとわかるらしい。

「何か困ったことがあったら言って」

「いいの？」

「これ、もらったし」

パーカーが気に入ったようだ。返してもらえる雰囲気じゃなかった。それにしても今朝は殺されそうになったが、意外に優しいエルフなのか？　頭が花だらけだし。

「なんか、虫がいっぱい入ってくるんだよね。なんとかならないかな」

蚊取り線香のようなものがあればいいのだが。

「わかった、なんとかする」

「あとさ、灯《あか》りがないんだよね」

この世界では共通語は日本語なのだが、文字は微妙に違うので勉強したかった。

「わかった」

リズラザはいったん部屋に引っ込んでいく。

しばらく待っていると、部屋の中から植物の蔦《つた》を引っ張ってきた。

「それ、そっちに絡《から》ませて」

言われるまま、窓の外から蔦《つた》を受け取りこちらの柵に絡《から》ませる。なんか妙な形状の植物だ。丸い実のような部分が袋状になっており、なにげなく指を入れてみると齧《かじ》られた。

「え、え、こいつ動きやがる」

蔦《つた》がうねうねと動いている。……食虫植物か。

《あと、部屋の中はこれで大丈夫》

妖精が何かを抱えて飛んできた。

そして部屋に放したのは大きな蜘蛛《くも》だった。蜘蛛《くも》はシャカシャカと部屋を走っていく。

「えー、虫対策に蜘蛛《くも》って……」

それほど苦手じゃないけど、今の蜘蛛《くも》はグロかったような……。まあせっかく気を使ってくれているのだ。これが近所づきあいだ。

「……ん、なんでここにいるの?」

蜘蛛《くも》を運んできた妖精がちゃぶ台に座っている。

《灯《あか》りが欲しいんでしょ》

「うん、それで文字を勉強したいんだけど、新聞とかあるのかな」

《新聞だったら、もうすぐくるよ》

やっぱりこの世界にも新聞配達があるのか。と、思っていたら、夕暮れの空から何かが飛んできた。朝もやってきたあのオウムたちだ。

『今日のコロッセオの結果は……』

『帝都の教会の炎上問題の犯人はいまだに見つからず』

『明日の天気占いですがおおむね晴れ。昼ににわか雨があるかもしれません』

窓の柵にとまってオウムたちがしゃべっている。これ、新聞だったのか!

「紙の新聞ってないの？」

《古いねえ。今はペーパーレスの時代よ》

オウムと紙のどっちが古いとかあるのか。それにしてもこの世界では情報伝達に、電波ではなく鳥を飛ばすとは……。

オウムたちは口々に情報を垂れ流すと、ちゃぶ台のパンをついばんでから飛び去っていく。パンくずなどが新聞の代金のようだ。

「うーん、勉強する計画が……」

夕日が沈んで暗くなっていく。

妖精が青白く発光しはじめた。……お前が灯《あか》りだったのか！

扉がノックされ、入ってきたのはクレイだった。採集で集めた食べられる木の実を分けてくれにきたようだが、灯《あか》りがあることに気づき荷物を運んできた。

「灯《あか》り代もバカにならないですから」

クレイは神代《かみしろ》の部屋で内職を始めた。採集した竹のような植物を使ってざるなどを作るらしい。ローン返済で働きづめのクレイに同情し、神代《かみしろ》も手伝うことにした。

「なんか思ったのと違うんだよな……」

内職をしながら神代《かみしろ》はつぶやく。もっと異世界は自由だと思っていた。だが、大きく立ちはだかったのは生活だ。東京と同じくリアルな生活が横たわっている。

「異世界の人ってなんか夢見てますよね」

クレイにたしなめられる。確かにまずは生きることだ。そして生きるために働くこと。

「これ、おいしい」

いつの間にか神代《かみしろ》の窓の柵にリズラザが座って木の実を食べている。窓の柵が植物の蔓《つる》などで繋《つな》がっているようなものなので、外から出入りが自由なのだ。

「それ、俺たちが頑張って集めたんだから」

量は少ないがピーナッツのような味がする実だった。食べられるものは卸さずに少し持ってきていた。

「……あれ、数が足りないな」

ちゃぶ台のわきに置いていた木の実の残りがなかった。クレイは内職に集中しているし、妖精や蜘蛛《くも》が木の実を食べるとは思えない。そういえば今朝に配達された卵もいつの間にかなくなっていた。もしかしたらこの部屋には何か変なものが住んでいるのか……。

「ん？」

視界の端で何かが動いた気がした。

硬いパンを床に置いてから内職を続ける。そしていきなり振り返ると、しゅっと何かが壁に引っ込んでいった。

「…………」

見ると壁に穴が開いていた。開かずの六号室側の壁だ。

パンを置きなおして内職をしているふりをすると、壁の穴から手が伸びてきた。

神代《かみしろ》は素知らぬ顔をしてパンを手の届かない位置に置きなおす。

穴から伸びる手がじたばたとしている。パンが届かないことに気づいたのか、手がしゅっと引っ込み、今度は足が出てきた。

神代《かみしろ》はそんな素足をがしっと捕まえた。

「この泥棒め！」

ぐいっと足を引っ張ると、壁越しにじたばたと暴れ始めた。

「え、なんです？」

「クレイはもう片方の足を頼む」

出てきたもう片方をクレイに引っ張らせる。暴れながらうつぶせになったらしく、穴からショーツをはいた腰が露《あら》わになった。

「ちょっとまずくないです？」

女の子の足だと気づいたクレイが戸惑っている。

「こいつ、俺たちの食料を盗もうとしていた」

女だろうが関係ない。貧乏生活で食料は最重要だ。穴に手を突っ込んで頭に手をやると角があった。獣人か？

「いてっ、こいつ噛《か》みつきやがった！」

「むぐぐ……」

「おら、出てこい」

パン泥棒は呻《うめ》きながら必死に耐え、足をばたつかせる。

「うぐっ。てめえ！」

蹴られたがかまわずに引っ張っていると、いきなりバンと扉が開いた。

「なんの騒ぎですか！」

扉を開けたのは管理人のライアだった。

「あ……」

ライアの表情がすっと冷たくなった。下着丸出しの下半身が穴から出ている状態だ。落ち着いて考えるとなんていう絵面だ。

「えっと、これには理由があるんです」

「壁の穴から女の子の足を引っ張ってお尻を丸出しにした理由があるというのですか？」

「なんていうか、勢いというか……」

「勢いで性欲を発散させようとしたのですね」

ライアは決してうやむやにしないタイプの人間だ。

「不法侵入者かと思ったんです」

神代《かみしろ》はクレイと一緒に謝った。言い訳をしてはいけない雰囲気だ。

「そのかたは六号室の住人で、一週間前からの入居者です」

足を放してやると、じたばたと下半身が引っ込んでいった。

「なんてやつだ。引きこもりか？」

開かずの間の住人だったのだ。

「それでも家賃は払ってくれていますからね。……このアパートで彼女だけは」

……ん？　管理人さんがまとう空気の温度がなんだか低い。そういえば、今日はアパートの管理人の登録に行くとか言っていたような。

ライアは神代《かみしろ》の部屋に入ってくると、ちゃぶ台の前にすっと座った。

「このアパートの台帳を引き継いで、確認したのですが……」

彼女は帳面をちゃぶ台の上に置いて、まずはクレイを見据えた。

「クレイさん。ずいぶん家賃を滞納しているようですが」

クレイが気まずそうに目を逸《そ》らす。

「えっと、ローンを払うのに精いっぱいで……」

クレイは都会に出てきてだまされているので仕方がない。

「二年五か月分も滞納してますね」

ずいぶんため込んだんだな。

「そしてリザさん」

今度は平然と窓枠に座っているリズラザに向く。

「あなたもけっこう滞納してますね」

「お母さんのときのも入ってる」

リズラザは母親の代からここに住んでいたのか。

「支払い責任はリザさんにありますよね」

「払うつもりではいた」

「でた、絶対に払うつもりないやつのセリフ」

東京のアパートでも家賃滞納者のテンプレートのセリフがそれだ。

「そもそも働いているのです？」

ライアに言われ、リズラザとひそひそと話して妖精がこちらに飛んできた。

《えっとですね、食虫植物と虫食い蜘蛛《くも》と、灯《あか》り代を今すぐ払ってください。合計で銀貨五枚になります》

「それ、有料だったのか？」

《もちろんです、蜘蛛《くも》も植物もちゃんとした商品ですから。あと、今朝のトラブルの仲介料として銀貨十枚》

「貸しを回収するのが早すぎだろ」

「あと、蔓《つる》リンゴの代金も」

リズラザが言ったのは、こっちの窓まで生えてくる植物の実のことだ。

「せちがらい！」

《あと、これから神代《かみしろ》さんに商品を卸すんで売ってきてくださいね。売り上げの十パーセントをもらいますが、神代《かみしろ》さんも下の組織を作れば働かずともお金が入る夢のシステムです》

「マルチビジネスか！」

召喚者が異世界にそんなシステムまで持ち込んだのだ。

《管理人さん、なんとか家賃は払えそうなんでご安心を》

妖精がへらへらとライアに媚《こ》びている。

「…………」

寒気を感じた。四畳半がいきなり凍《い》てついた感覚だった。

その冷気の発生源はライアだ。リズラザとライアは顔を見合わせて正座をした。神代《かみしろ》とクレイも急いで座りなおす。エルフや妖精をここまでビビらせる管理人さんはなんなんだ。

……と、どたどたと廊下を歩く音がして、部屋の扉が開いた。

「おう異世界人、おかげで勝ったぞ！」

顔を出したのはドワーフだった。だが、部屋の異様な空気を察したのか、そのまま扉を閉めようとした。

「おい、座れや」

神代《かみしろ》はドワーフを逃がさなかった。こいつも確実に家賃滞納者だ。

畳に座ったドワーフは背中に何かを隠している。

「なんかあ、大切な剣を取られたんです」

神代《かみしろ》はライアにチクった。

「おい、何を……」

慌てるドワーフの胸元から何かが落ちた。

《コロッセオの投票券っすよ。こいつ、家賃も払わずにギャンブルしてました》

妖精が素早く拾って、投票券をライアに持っていく。

「あー！　管理人さん、こいつ酒を隠してます。俺の剣を売った金でギャンブルして酒を買ってきやがりました！」

神代《かみしろ》はドワーフの背中の木の樽《たる》を指さす。明らかに酒の匂いがする。

「でも、今日は勝ったわけじゃし」

ドワーフが樽《たる》を大切そうに抱えている。全部酒に換えたようだ。

ライアは大きくため息をつく。

「ヴェルグさんの滞納は、二十八年と三か月ですね」

「すげえ払ってないな」

そんなに滞納していたのか。よく追放されなかったな。

妖精もここぞとばかりライアの味方をする。

「リズラザさんは九十八年と二か月です」

《恥を知れ、恥を》

「おい！」

さすがに神代《かみしろ》は突っ込んだ。母の代からとはいえ百年近くとは。さすが長寿の種族というか、そんな前からこのアパートがあったのか。

《収入源も確保したので、これからは払っていくので》

妖精の言う収入源とは灯《あか》り代のことか。

「召喚者はいい職に就けるんじゃろ？　だったらなあ、少し分けてくれても」

ドワーフも神代《かみしろ》にたかるつもりだ。

いきなりライアが、バシンとちゃぶ台を叩《たた》いた。

妖精が墜落し、ドワーフとエルフがびくっと跳び上がった。神代《かみしろ》とクレイは思わず抱き合いブルブルと震えた。

「仲間内でお金をやりとりして、どうするのですか」

なんだか彼女の冷たい声は心まで冷える気がする。現にエルフもドワーフも妖精すらもおびえている。

「私はこのアパートを優しい場所にしたいのです。夢があるならば応援したいですし、家賃も待ちましょう。でも優しい場所と怠惰な場所は違います」

ライアがちらりとリズラザを見る。

「リザさんは働いてもいませんよね。このアパートがリザさんの人生のマイナスになるなら、この部屋がないほうがいいのでは、とも私は思います」

「魚から水を奪ったら、働くようになると思う？」

「かっこいいことを言っても駄目です」

ライアに説教されたリズラザがうつむいている。髪に生えていた花も心なしか、しなしなとしぼんでしまっている。

「お酒でうやむやにしようとしないでください」

さらにライアは、酒の用意をしていたドワーフを一喝した。

「あと、シビルさんもですよ」

声を向けたのは六号室の穴にだ。

「このアパートは引きこもるための場所ではありません」

やっぱり引きこもりの無職なのだ。壁越しに彼女が正座する気配があった。

《ほんと、しっかりしろよ。管理人さんは本当は言いたくないんだから》

「あとは俺が厳しく言って聞かせますので、今日はこれくらいで」

神代《かみしろ》は妖精にのっかることにした。もうこの雰囲気に耐えられなかった。

だが、今日一番の冷たい視線はこちらに向けられた。

「神代《かみしろ》さん、今日は街で偶然に召喚者の方と会ったのですが、学校をやめたというのは本当ですか」

返答ができなかった。召喚者の学校をやめたのは本当だった。

ドワーフやエルフやミゼットが驚いている。

「話が違うじゃろが」「無職じゃない」「だからふらふらしてたんですか？」などと口々にわめきたてられる。

《おいおい、人生の落後者がお説教してたのか？》

妖精が吐き捨てる。……こいつら、神代《かみしろ》を生贄《いけにえ》にすることにしたようだ。

「理由を聞いていいですか」

ライアはただ静かに言った。……寒い。この凍《い》てついた空気は魔力なのか？　間違ったことを言ったら終わる。この人には嘘《うそ》をついてはいけないと感じた。

「勇者になりたいんだ」

神代《かみしろ》の言動に、ライアたちはぽかんとしている。

勇者とは特別な召喚者が与えられる称号であり職業だ。召喚された人間はまず適性を調べられる。それによって職業が振り分けられるのだ。

《簡単になれるわけないだろが。魔王を斬って女神の加護を受けたとかの世界の英雄だぞ》
「でも、召喚者は勇者になる資格があるはずなんだ」
《勇者ってもう十二人いるんじゃなかったっけ？　その中で魔王を倒したり名声を高めたのが真の勇者になるんでしょ。まず空きがないじゃん》
「それでも勇者になりたい！」
学校でもはっきりとそう言った。しかし勧められたのは公務員のような仕事だ。植物の図鑑の製作や建築関係や役所での書類管理。だから喧嘩《けんか》をして学校を飛びだした。学校にいては別の職業を与えられ勇者になれないからだ。
《現実を見ろよ。まずは生活だろうが》
「異世界に来たから頑張りたかったんだ。俺は変わりたかった」
《異世界に来て変われるのは、綺麗《きれい》な夕日を見た程度で変われる空っぽのやつだよ》
「前の世界でも俺は貧乏だった。でも、一番つらかったのは何者でもなかったこと。せめて何かを目指して頑張ればよかった……」
神代《かみしろ》はこぶしで畳を殴りつける。ただ時間だけが無駄に流れていた東京の生活。河原に座りながら思った。もしもリセットできたなら次は頑張ろうって。
「だからこの世界に来たとき、素晴らしい未来を思い描いた。自分は世界を救うような人間になるんだって」

《明日の朝ご飯すら決まってないやつが、そんな先の未来を思い描けないよな》

説教していた妖精は、ふと何かに気づいて言葉を止めた。

「……ん？」

顔を上げると、なんだか凍《い》てついていた空気が和らいでいた。困った顔をしながらも、ライアはそれほど怒ってない気が……。

《でも、その夢ってやつ、私は好きかもしれないな》

いきなり妖精が声のトーンを変えて、神代《かみしろ》の肩に座った。

「あの、僕は勇者の従者になるために、街に出てきたんです。神代《かみしろ》さんが勇者なんて信じられないけど、それでも目指してください！」

そういえばクレイの目的はそれだった。

「そうじゃな。わしたちはそんな純真な夢を忘れていたようだ」

「うん。私もその夢を応援する」

ドワーフとエルフもなんだかとても優しい。

壁の穴からは親指を立てた腕が出てきた。こいつも応援してくれるようだ。

《この夢をみんなで大切にするべきだね》

妖精が肩の上でうなずき、ちらっとライアを窺《うかが》う。

「……確かにそうですね。だって、ここは夢を応援する場所ですから」

ライアがくすっと笑うと、一瞬にして部屋が暖かくなった気がした。

「このアパートの管理人になったのは運命です。だって、このアパートを見たときいいことが起こるって思いました。この世界は楽しいばかりのものでありません。だからこそ私はここを優しい場所にしたい。そしてたとえ困難な道のりでも、私は頑張る人と手を繋《つな》いで歩きたいのです……」

ライアが自分の世界に入っている。

「話がまとまってよかったわい」

そんな横で、ドワーフがさっさと酒の用意をしている。

クレイが皆に手際《てぎわ》よくカップを配っていく。六号室のニートにも渡してやった。

《勇者の夢をかなえるべく、乾杯！》

妖精の掛け声で乾杯が行われた。

それはぬるくて甘ったるいエールだが、今まで呑んだどんな酒よりもうまく感じた。それほどにこれは神聖な乾杯だった。

自分の突飛な夢を応援してくれる人がこんなにもいる。それだけで胸がいっぱいになる。

「なんかすべてを忘れますねえ」

「いや、今日の酒は前向きな酒じゃ」

クレイとドワーフがふーっと息を吐く。

「ここには夢があるから」

リズラザは窓の柵に座って酒を呑んでいる。先ほどまでしおれていた頭の花が開いていた。

「その夢を私たちは共有する」

《だから家賃滞納もしかたないし》

妖精も花びらにのせたエールをなめていた。

……こいつら、家賃を待ってもらうために自分を利用しているんじゃないか？　と、神代《かみしろ》は思ったが、酒が久しぶりなのでなんだかどうでもよくなった。

「応援しますよ」

ライアが微笑《ほほえ》んだ。神代《かみしろ》はこの世界の女神に会ったことなどないが、女神が微笑《ほほえ》んだらこんな感じになるんだろうな、という優しい微笑《ほほえ》みだった。

「あらためて神代《かみしろ》さん、この世界、いえ、このアパートにようこそ」

神代《かみしろ》とライアはカップを合わせた。

「夢があるとお酒がおいしいですねえ」

「若者の純真な夢こそ最高の肴《さかな》じゃわい」

「その夢を応援する私たちも純真」

もう一度、みんなでカップを合わせて乾杯する。

何もないアパートだけど、この部屋には希望だけはある。

……そうだ、自分の異世界生活はこれからだ。

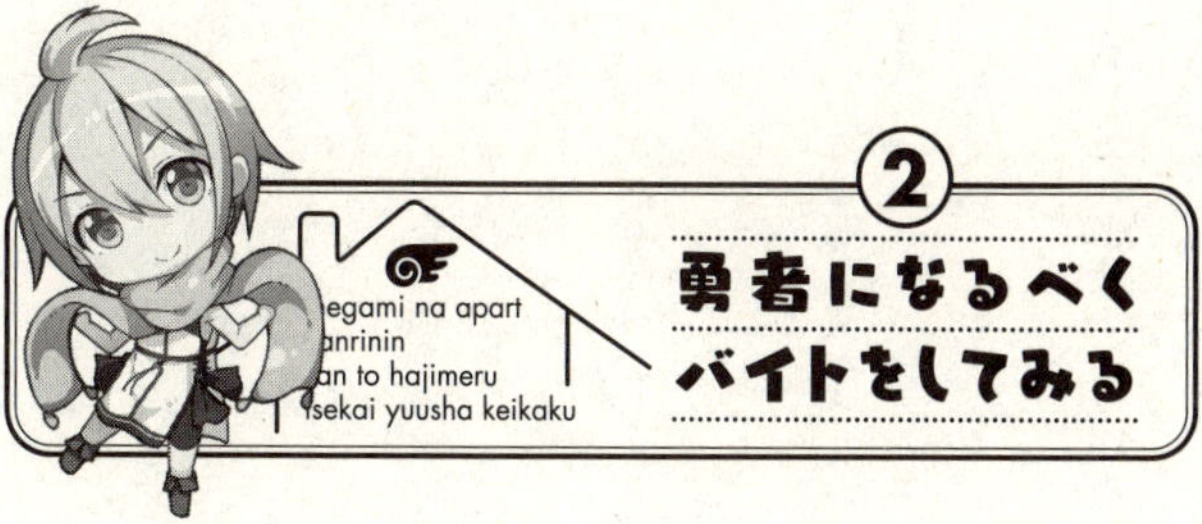
2
egami na apart
anrinin
an to hajimeru
isekai yuusha keikaku
勇者になるべく
バイトをしてみる

「いやー、この世界にも米があるんだなあ」

朝だった。四畳半で神代《かみしろ》は管理人さんとちゃぶ台を囲んでいた。

「このアパートの食糧庫に備蓄米があったのです」

管理人のライアがご飯をよそってくれる。

「なんていうか、懐《なつ》かしい朝食だなあ」

神代《かみしろ》は大根をおろしながら言う。大根らしきものがアパートの庭に生えてたので引っこ抜いてきたのだ。醤油《しょうゆ》があるので立派な朝食ができる。

「ああ、やっぱ日本人は米だよなあ」

少しパサパサするが米だ。召喚者が品種改良をしたのだろう。

「お代わりはどうです？」

「ありがとうございます」

こうしてライアとご飯を食べていると照れ臭い。なんだか四畳半の新婚生活のような……。

「意外にあいますね。この調味料がいいのかな」

クレイが大根おろしをのせたご飯を食べている。

「鎧《よろい》豚の皮をこんな使い方をするとはのう」

おろし金がなかったので、ドワーフの部屋にあった素材を使っていた。

「……ていうか、なんで集まってるんだよ」

管理人さんと二人で朝ご飯を食べたかったのに、なぜか神代《かみしろ》の部屋に集まってきたのだ。せっかくのいい雰囲気がぶち壊しだった。

「こいつ、エルフのくせに卵を取りやがって」

リズラザはしれっと配達された卵を確保している。

「エルフってビーガンじゃないのか？」

「カロリー的に不可能」

大根おろしと卵をかき混ぜたご飯を食べるエルフというのは、少しシュールだ。

「ほら、ご飯だぞ」

壁の穴の前に大根おろしご飯を置くと、すっと手が伸びて茶碗《ちゃわん》が引っ込んだ。

「残りの大根は、あとで切り干し大根にしておきましょう」

ライアは皆がご飯を食べる姿を見て微笑《ほほえ》んでいる。

「このアパートは、昔の戦争での兵士の宿舎だったからそいつらが植えたんじゃろ」

「戦争って百年も前だっけ。赤い季節とかいうやつだっけ？」

「この街はいろいろな種族が拠点にした、から」

リズラザの母がここに住んでいたという。長寿の種族が拠点としたので、いまだにこの街ではその名残があるらしい。

「確かにドワーフとかも多いよな」

この街にはいまだに武器屋があり、それらはドワーフが経営していた。利権などがあるらしく、武器は条件つきだがドワーフだけが店を開けるらしい。

「よかったですね、ローンがなくなって」

ライアがクレイに微笑《ほほえ》みかける。

「わしの仲介のおかげじゃろ」

「ていうか、ローンが暴利すぎたんだよ」

街の武器屋のドワーフがクレイをだましていたのだ。

「ミゼットのくせにだまされるのが悪い。普通はミゼットはだます側じゃろ」

「うちのクレイは純真なままでいいのです」

ライアがクレイの頭をなでている。なんだか親子みたいだ。

食べ終わった茶碗《ちゃわん》はそのまま窓に置いておく。するとどこからともなくオウムが飛んできて、ご飯粒などをついばんで綺麗にしてくれる。卵の殻ぐらいならバリバリ食べるのだ。

『鷹《たか》の軍団がモンスターと小規模の交戦。大規模な戦争が始まるとの噂《うわさ》も』

『魔王復活の噂《うわさ》がありますが詳細不明』

『焼失した中央教会の修復が始まりました。教会は寄付を募っています』

オウムたちがしゃべっている。これが朝刊がわりだった。

この世界の鳥たちは、情報が重要だと知っている。それを利用して人間たちからエサをもらっている。魔力により知能が進化した鳥たちなのだ。

「しかしこれが新聞だとすると、何で弁当を包めばいいんだ」

そのうちに、インコのような小さな鳥もやってくる。

『お酒なら金羊亭《きんようてい》へ。搾りたての新酒が入荷いたしました』

『春の新色のマントならヘルメス洋品店に』

こっちもとてもうるさい鳥なのだ。

「アドバードですね。これらの鳥は店に直接雇われているのです」

ライアが神代《かみしろ》たちにお茶を淹《い》れてくれる。

『防具の買取なら五丁目のシシシ防具店に。遺品などを高価買取いたします』

「防具の遺品とか縁起悪いな」

それにしても、少し世界の動向が不穏な感じだ。神代《かみしろ》がこの世界に召喚されたのはそれが理由らしい。最近の大量の召喚は、魔王が復活したのではと噂《うわさ》されている。

だとしたらこれはチャンスだ。世界が乱れれば必要とされるのは勇者だ。

異世界に来たからには、やっぱり勇者を目指したい。

「それで、今日はどうしますか？」

目の前のライアは、神代《かみしろ》が勇者になることを信じているといった表情だ。

「みんなと話し合ったんですが、金が必要だなってなりました」

何をするにもまずは先立つものが必要となる。夢はあっても金がないのが今の現状だ。

「それでギルドに行ってみます」

この世界には冒険者ギルドが存在した。

冒険者たちに依頼をしたり情報交換をする場。そんなシステムを召喚者が構築したのだ。

「頑張りましょうね」

ライアが微笑《ほほえ》むと光が散った気がした。

先行きは不安でもあるが、管理人さんの笑顔ですべてが吹き飛ぶ気がした。

*

勇者になるには二つのルートがある。ひとつは召喚者の学校でその職業を与えられること。

二つ目は冒険者のランキングを地道に上げること。

神代《かみしろ》が選択したのは後者だ。噂《うわさ》によると前回の戦争の勇者は、冒険者あがりだったとされる。

だとしたら希望がある。

……それに、ギルドというのは少しわくわくする。

「楽しそうですね」

「ギルドでランクを上げていくってゲームっぽくっていいよな」

神代《かみしろ》はクレイとギルドに向かっていた。クレイは神代《かみしろ》が勇者希望と知ってから、積極的に助けてくれる。

「リザも来るのか」

なぜかリズラザもついてきていた。パーカーだけを羽織った格好で、生足を無防備に露出しながら歩いている。スカートすらもはいていないがパーカーが大きめなので、どうにか隠れている。そして相変わらず髪には真っ白な花が大量に咲いていた。

「道、教えてあげる」

手伝ってくれるつもりらしい。彼女なりに応援してくれているのか。

「ずっと家にこもってたのに、道わかるのか？」

「あのアパートに来たときのことなら、今でも鮮明におぼえてる。この道を通って……ん、こんな建物あったかな？」

「鮮明さゼロじゃないか」

《この辺はいっぱい住居があったんだけど、水道橋を通すときに地上げがあってね。ミノタウロスやオークを使っての嫌がらせがすごかったよ》

妖精のベスが、リズラザのパーカーのフードに入っている。

「この世界の地上げはすごいな」

《さすがにモンスターを使う地上げは今は禁止されてるけど。あと少し水道橋建設の計画がず

れてたらあのアパートもなくなってたねえ》

三人と一匹はギルドを目指す。

少し街中に入ると、朝の市場がにぎわっていた。

「マルシェもあるんだな」

とても活気があった。新鮮な果物や野菜が山積みだ。このエリアは東京でたとえると下町のエリアでとても活気がある。

「なんかキラキラして見えるなあ。デパ地下みたいだ」

「あっちの世界にもそういうのがあったんですねえ」

「うん、でも金がないからただ歩いて試食してた」

リズラザが出店の前で立ち止まっている。加工肉が置かれた店が気になるらしい。ちらりとこちらを見たので、神代《かみしろ》は首を横に振る。

「……そっか、やっぱりお金か」

エルフに金という現実を教えるのは少し気が引ける。

だが、しばらく三人で店の前で立っていると、店番のおばさんが炙《あぶ》った加工肉を串に刺して渡してくれた。同情したのか神代《かみしろ》たちが邪魔だったのか。

「よかったですね」

それでもクレイはうれしそうだ。

「この世界も捨てたもんじゃないな」

金はなくとも人情があればいい。東京の貧乏生活もそうだった。

《確かあっちがギルドだったような》

妖精のベスが指をさす。ちょくちょく街を散歩しているので知っているようだ。

「ギルドがあるのはいいよな」

なんていうか夢のあるシステムだ。

「昔の勇者が原型を作ったらしいですよ。それぞれの街に配置され、情報を共有するんです。冒険者を鍛え魔物に対抗します」

「冒険者か。夢が広がるな」

自分は自由だ。この異世界で無限の可能性を持っている。

「なんか目がキラキラしてますね」

「それは俺が放つ光だ」

神代《かみしろ》はクレイにうなずく。貧乏という闇を凌駕《りょうが》する自由の光。

《前向きさの押し売り》

「その前向きさが、なんていうか胃もたれがする」

妖精とリズラザがひそひそしてるが、今の神代《かみしろ》の輝きは誰にも消せやしない。

冒険者ギルドは繁華街を抜けた場所にあった。石造りの大きな建物があり、屋根にはたくさんのハトがとまっている。

建物の外にはオープンスペースがあり、そこで冒険者たちが情報交換をしている。武装している人間もいるが、意外に身なりのいい人間が多い。ファンタジー世界の荒っぽい雰囲気を覚悟していたが、思ったよりも和やかだ。

建物の中を窺《うかが》ってみると、カウンターがあり女性が並んでいる。壁にはたくさんのメモが貼られ、物資搬入用のスペースでミゼットたちが忙しく働いていた。

まさに異世界のギルドだ。神代《かみしろ》は目立つところに貼られたメモを指さした。

「これはなんて書いてあるの?」

「サーベルタイガー討伐ですね。このスペースに貼られているのは難易度が高いのです」

と、そのメモが手に取られた。

見ると輝く鎧《よろい》に身を包んだ集団がいる。リーダーらしき男がメモを受付に持っていくと、受付嬢はあふれんばかりの笑みを浮かべた。

「ゴールデンアクスがやってくださると思ってました」

ゴールデンアクスというAランクのチームらしい。ランクも設定されてるとは、さすが異世界ギルドだ。ちなみにランクはSからGまでの八段階に設定されているようだ。

「もっと弱そうな討伐はないのかね」

「需要が高いのはアイスバッファローですね。これは皮が食用にも鎧《よろい》にもなります。とりあえず、神代《かみしろ》さんは初めてなので、登録をしたほうがいいですね」

　クレイがいろいろと世話を焼いてくれる。いっぽうリズラザは周辺の景色をぼーっと眺めたり、ハトにエサをやったりしている。エルフはもう飽きてやがる……。

「とりあえず、受付に行くか」

　神代《かみしろ》は優しそうな女性が座っている窓口に行く。ギルドの女性職員というのも、作った人間はわかっているな、と思った。頑張って依頼をこなせば、ギルドのお姉さんと仲良くなり、そのうち弁当などを手渡しされたりと夢が広がる。

「あの、初心者なんですが」

　窓口の向こうには、ミドルボブヘアーの女性が座っており、さらりと髪を揺らしてこちらを向いた。グリーンの瞳の美人だ。

「身分証明などはありますか？」

　声も整っている。神代《かみしろ》は学校でもらった身分証明書を見せた。しばらく彼女はメモをしたりと作業していたが、じっと神代《かみしろ》に視線を向けた。

「……で、今までは何をしていたのですか？」

「何をって……」

「学校は一週間でやめたのですね。それで、資格や免許はありますか？」

「資格や免許とは？」

「狩猟であればトラップや武器の資格、建築の免許や運搬免許。乗り物は小型から大型動物まで。計測免許があれば、ダンジョンマッピングなどが割がいいのですが」

「あの、俺って召喚者でして」

「はい。それでは元の世界では何か特技はありますか？　デザイン系は建築関係で重宝され、理系の方はさまざまな商店で依頼があります」

「ちょっと、いきなり光が消滅してますよ」

隣にいたクレイが、呆然《ぼうぜん》とする神代《かみしろ》を肘でつつく。

「えっと、そういえば原付はもっていたかな」

「原付免許は役に立たないですね」

ギルドの女性はふうっとため息をつく。

「……今まで何をしていたのですか？」

神代《かみしろ》はぐっと言葉につまる。厳しすぎるこの場所は職安か？

「でもやる気はあるんです。モンスター討伐の依頼だってやりますし」

「それも資格がいりますからね。ダンジョン探索や古代遺跡調査も素人《しろうと》がやれるものではありません。たとえば強いモンスターに遭遇するには遠征も必要です。資金はありますか？」

確かにそうだ。異世界だからとモンスターがその辺にいるわけじゃない。

「やる気はあるんです。ミノタウロスだって、なんならドラゴンだって倒します」

「ミノタウロスは食肉と素材が重宝されますが、現在はほとんど養殖ですからね。また、ドラゴンは保護区で保護されてる生物ですから、倒されては困ります」

……そうなのか。なんだか夢のない話だ。

「でも、あっ、鹿狩りとかあるんですよね」

神代《かみしろ》はギルドに鹿が搬入されていることに気づいた。鹿は肉と毛皮で重宝されているようだ。

だが、女性は深いため息をつく。

「えっと、神代《かみしろ》さんでしたっけ？　前の世界で鹿をどれぐらい捕まえましたか？」

「いえ、東京はそんな残酷な場所じゃないというか……」

「じゃあなんでこっちなら捕まえられると思ったのです？　捕獲にも道具や技能が必要ですが、こっちならなんとかなると、なぜそう思ったのです？」

「いや、えっと……」

確かにモンスターどころか動物も殺したことはない。

「でも、召喚者は選ばれた存在ですよね」

神代《かみしろ》のような召喚者は、様々な能力の底上げがあると聞く。やる気になればなんでもできるはずだ。

女性が羽根ペンを叩《たた》きつけるように置いたので、神代《かみしろ》はびくっとした。

「この世界をなめるなよ」

女性に睨《にら》みつけられ、神代《かみしろ》は思わず隣にいたクレイの手を握った。

「お前らが考えるようなものはすでにあるから。車輪も椅子もマヨネーズも戦術も数学もあるから」

「いや、でも、役に立つ文化や道具もあるし……」

「じゃあ、あんたはマッチとかライターとか作れるの？　最近この街は渋滞が激しいけど、緻密な運行ダイヤとか組めるっていうの？」

「できないです」

「じゃあ自慢するな。お前らは偉そうにしてるけど、偉いのはお前じゃなくて文化を作った偉人たちだろ。先人の遺産を自分のもののようにして威張るなっての」

……怖い。先にこの世界に来た召喚者たちは、どれほど無礼なことをしたのか。

「前の世界で何者でもない役立たずが、こっちの世界なら何でもできるわけないだろ。向こうの世界でもこっちの世界でも黄金が価値のあるように、無能な怠け者はどっちの世界でも価値がないの。わかった？　……それでは次の方どうぞ！」

何も言い返せない。自分は異世界に来ただけで高く跳べると思ってたのか……。

神代《かみしろ》はクレイにすがりつくようにしてギルドの外に出た。

「怖かったですね」

「なんていうか、無防備すぎた」

ギルドという存在に夢を見すぎていたかもしれない。

「どうだった？」

パーカーのポケットに手を突っ込みながら、リズラザが寄ってくる。

「駄目だった。資格や経歴がないと難しいらしい」

「そっか」

こんなときはリズラザのそっけない態度に安心する。

「家賃、どうしよう」

このエルフ、百年近く滞納している家賃を気にしているのか。

「多少は危険でも何かするしかないか」

《さっき見たら保険があったよ。積み立てて怪我《けが》するとお金が入るみたい》

ベスが忠告してくれる。心配してくれているようだ。

「受け取りを私に……」

《死亡したらけっこうもらえるみたい》

ベスとリズラザがひそひそ会話している。

「殺す気か！」

嫌な予感しかしない。異世界まで来て保険金事件に巻き込まれるわけにはいかない。

「とりあえずバイトをしましょうか。バイトでもいろいろと経験していけば、ギルドで仕事を回してくれるかもしれません」

アルバイト事情に詳しいクレイが案を出してくれる。

この街の周辺にはいくつかの遺跡や樹海迷宮があるらしい。そこの探索やマッピングの手伝いをすれば金になるようだ。

「さすがに距離があって、歩いていけないんですよね」

三人はギルドの近くにあるバス停に向かった。ギルドで依頼を受けて仕事場に向かう冒険者が多いので、周辺には多くの交通手段がある。

ミゼットが手綱を取る巨大な鳥はカーゴというらしい。客待ちをしているところをみると、あれは異世界スタイルのタクシーだ。

「タクシーは高いので、乗合馬車で行きましょう」

樹海迷宮行きのバスがあった。バスの馬車はがっしりとした馬が引くようだ。トラックの荷台のようなスペースはすでに満員だった。

「行ってらっしゃい」

ぎゅうぎゅうづめの馬車を見て、リズラザがしれっと言った。

「こいつ、一瞬であきらめやがったな」

といいつつもバス代のこともあるので、リズラザとベスは置いていくことにした。

「交通費は自腹か」

少ない所持金からバス代を払って満員馬車に乗る。武装している冒険者が多いので、剣や鎧《よろい》が当たってとても痛い。当然みんな立っている。

「クレイ、大丈夫か?」

「気にしないでください」

ミゼットのクレイは隙間にうまいことはまっている。

「朝の東西線を思いだすな……」

満員電車で大学に通っていたことを思いだす。あの電車のせいで心が折れて、大学は昼から出るようになったのだ。

ガタンと馬車が揺れて発車した。道路は整備されているとはいえ、馬車にはろくなサスペンションもないのですごい揺れだ。この世界の冒険者たちは毎日こんなつらい思いをして通勤しているのか。異世界も楽じゃないな……。

「ダンジョンってどんな感じなの?」

満員の苦痛から逃れようと、神代《かみしろ》はクレイに話しかける。

「まず樹海迷宮が多いですね。樹海の管理は必須でして、たえず形状を変えるので継続的にマッピングや杭《くい》打ちの必要があるのです。深層に行くと貴重な素材もありますし」

この世界の樹海はとても深い。人間が管理できているのは一部分だけらしい。杭《くい》打ちとは迷宮に目印をつける作業のようだ。

「他には古代遺跡がありますが、そこは入場料金が高いんですよね」

「なんだかテーマパークみたいだな」

「危険な迷宮ほど安いんですが、そのぶん保険とか入らないといけないんですよね。無保険で入ると怪我《けが》をしたときに治療費をぼったくられて破産しますから」

「異世界もせちがらいな」

街から出た馬車はスピードを上げる。揺れが激しくなったので舌を噛《か》まないように会話をやめた。景色がきれいなことだけが救いだ。

体感的に一時間ほど走ると、周囲の緑が濃くなってきた。

街のそばにこんな樹海があるのだ。

ガタンと馬車が止まった。そばにログハウスのような休憩所があり、ここが樹海迷宮のスタート地点となっている。

ひざがくがくになったので、クレイに支えられるようにして馬車から降りる。

神代《かみしろ》はため息を漏らす。目の前の光景はなんだか荘厳《そうごん》だった。巨大な木々とカラフルな草花。鳥や獣の声が響いている。この樹海は多くの生命を抱える場所だ……。

「よし、さっそく探検しよう」

樹海の迷宮は生きているとされる。人間を呼び込むために、深層ほど貴重な植物や素材が手に入るのだ。

「待ってください、僕らは冒険者免許を持ってないんですから」

神代《かみしろ》は首をかしげる。冒険に免許が必要なのか？　見るとさっそく樹海に入っていく冒険者パーティーもいるが、入り口付近で待っている者もいる。

「基本的に冒険者免許は人間に発行されるので、僕のようなミゼットは単独では入れないのです。まあミゼットが単独で入ったところで危険なだけですが」

死と隣り合わせの世界なのだ。制約があるのは当然なのかもしれない。

「でも、俺も冒険者免許を持ってないぞ」

「ですから、雇ってもらうのです」

迷宮の入り口には若い男性たちが立っている。彼らは冒険者見習いで、ああして雇われるのを待っていたのだ。

しかたなく神代《かみしろ》もそれに倣《なら》って、クレイと一緒に立つことにする。

樹海探索はパーティーを組むことが基本らしい。そして戦力が足りないと感じた場合、こうした日雇いの冒険者を誘うようだ。

「ギルドの依頼は毎回同じとは限りませんからね。そのたびにパーティーを組み替えるよりは、こうして日雇いの戦力を使ったほうがいいのです。また、日雇い冒険者も活躍すればコネができますし、大手パーティーへの勧誘があるかもしれません」

そんな理由があるからか、日雇いは若い男性たちが多い。

「やっぱ顔なじみから誘われていくな」

日雇い待ちの冒険者に次々に声がかけられていく。やっぱり雇うならある程度知っている人間がいいのか、なじみに声をかけるケースが多いようだ。

そんな横で、神代《かみしろ》とクレイはじっと待つ。

「せめて装備がよければいいんですが。たとえばブランド物の剣とか」

「やっぱりそういうのが重要？」

自分の装備はジーンズにシャツといった軽装だ。剣は持っているがドワーフにもらったぼろっちい銅の剣だった。この剣じゃ駄目なのだろうか……。

「……ん、柄に名前が書いてある」

ライアが武器をなくすのを心配してか、神代《かみしろ》の名前を書いてくれたようだ。

「武器に名前ってかっこ悪いですね」

「管理人さんの無邪気な純真さが邪魔をしてるな」

しばらく待っていると、中年男性たちのパーティーが現れた。いかにも熟練者たちといった感じだったが装備はボロボロだ。

「ギルドからの樹海サーベルタイガー討伐依頼だ。ついてくる者は？」

リーダーらしき男が言った。

「え？　あれってAランクパーティーが受けたやつじゃないか？」

「下請けに回されましたね」

クレイは悲しそうな表情だ。

「まずAランクがコネでギルドから依頼を受け、それがBランクパーティーに下請けに出されます。さらにその下請けの下請けに……。もちろんそのたびに金額は下がります」

「……この世界にも中間搾取《さくしゅ》があるのか」

それでもその危険な依頼に、日雇いの若者たちはついていく。

神代《かみしろ》も続こうとして足を止める。……いきなりサーベルタイガーはどうだろうか。

ギルドの女性の言葉を思いだした。東京で虎を倒したことがないのに、異世界でいきなりできるはずがない。それにこっちの動物は大きい。

「サーベルタイガーってどんな感じ？」

「ミゼットの郷が襲われたことがあります。残虐な性格で満腹になったあとも、獲物をいたぶるために狩り続けるのです」

クレイはトラウマがあるらしく真っ青だ。

「クレイがいるから無理はやめとくか」

神代《かみしろ》はその依頼をスルーすることにした。危険な割には中抜きされて低賃金だ。

サーベルタイガー討伐で即席のパーティーが組まれている。危険な仕事だが、リーダーがメンバーを紹介したりと意外に和気あいあいとしている。

「番号で呼ばれないだけましだな」

「神代《かみしろ》がやった東京でのバイトは、担当者はこちらの目を見ることなく番号で呼んでいた。

「神代《かみしろ》さんの世界、すごいところだったんですねえ」

会話する横で、サーベルタイガー討伐パーティーが樹海に入っていく。樹海の入り口が閑散としてしまった。


「あぶれてしまいましたね」

入り口に立っているのは神代《かみしろ》とクレイだけだ。

どうしようかと立ちつくしていると、樹海迷宮入り口のバス停に馬車が入ってきた。次は期待できるかもしれない。

だが、馬車から出てきたのは冒険者ではなかった。学者風の服を着た人間たちが降りてくる。

中にはエルフも混ざっていた。

それに気づいた神代《かみしろ》は、すっと目を逸《そ》らす。

「ん、どうしました？」

クレイがきょとんとしていると、こちらに近づいてくる男性がいた。

「やっぱり、神代《かみしろ》か」

声をかけてきたのは、この世界の服装に身を包んだ召喚者の男性だった。

「お、おお、久しぶりだな」

「元気だったか？　勇者になるとか言って学校を飛びだしていったから心配してたぞ」

神代《かみしろ》と同じタイミングで召喚されたので、彼は気軽に話しかけてくる。

「そういや、そっちこそ、こんなところで何してるの？」

「俺は植物図鑑を作る公務員になったんだ。この世界はすげえ植生で管理が追いつかないんだ。でも、やりがいがあるし賃金は高いしさ」

彼はそう言いながら、ちらっと神代《かみしろ》の腰の剣に視線を向ける。

「冒険者をやってるのか？」

「……いや、まあ、ちょっとな」

返答に困っていると、彼はふうっとため息をついた。

「冒険者から勇者になれるわけないだろ」

「でも、冒険者あがりの勇者もいたらしいし……」

「いつまでも夢を見てんなよ。現実をちゃんと受け入れろ」

何も言い返せなかった。自分は何をしているのだろう……。

ぎゅっと手が握られた。

「行きましょう」

クレイが神代《かみしろ》の手を引っ張っていく。

「おい、金に困ってるならバイトするか？」

背中に投げられる、そんな言葉が体に突き刺さる……。

手を引かれるまま樹海迷宮の入り口から離れると小川があった。そのわきに神代《かみしろ》は座り込む。

「こんな日もありますよ。焦《あせ》らずゆっくりでいいんです」

「無職のくせにこんなに甘やかされていいのだろうか」

「二人で頑張れば大丈夫です」

優しい言葉をかけられ、神代《かみしろ》は思わずクレイに抱きついた。クレイの胸に顔をうずめていると落ち着く。……男の子のくせに意外に胸が柔らかい。

「もう、終わり」

さすがにクレイが神代《かみしろ》を突き放し、べっと舌を出す。

神代《かみしろ》はそのまま小川の流れを眺めた。こうしていると東京の貧乏生活を思いだす。あの頃は学校にも行かず、ただ川の土手に座って時間をつぶしていた。夢もなく時間だけを浪費していたあの生活。

「夢があるだけいいか」

神代《かみしろ》はそう思った。こっちの世界に来ても金はないが、夢だけは持っている。

「……でも、さすがに金がなさすぎだよな」

帰りの馬車賃もない状況だった。現金を稼げなくとも、せめて食べ物でも持って帰りたい。

「釣り道具があればな」

魚でも釣って帰れば、エルフやドワーフが喜ぶだろうか。

「釣りならできますよ」

クレイが平然と言い、周辺の草原でエサを探しはじめる。

「……これです」

クレイが捕まえたのはバッタだ。そのバッタを持っていた紐《ひも》で結ぶ。

だが、投げたのは川ではなく草原だった。

しばらく待ってから、クレイはそっと紐《ひも》を引く。

「うおっ」

神代《かみしろ》はびくっとした。バッタには大きなカマキリのような虫が食らいついていた。クレイは今度はそのカマキリをエサにして草原に放り投げる。

「あのカマキリは草ネズミの好物なんですよね。さらに草ネズミは樹海キツネの好物です」

「わらしべ長者みたいな釣りだな」

大物が釣れたら飲食店で買い取ってくれるかもしれない。

わくわくして待っていると、いきなり紐《ひも》が強烈な勢いで引っ張られ、クレイが草原に引きずり込まれてしまった。

「わー、クレイ！」

必死で草をかき分けてクレイを探すと、いきなり巨大な鳥が顔を出した。

カマキリを食べているのは、カーゴというあの鳥だ。

「これ、人に慣れてるから、捨てカーゴですね」

立ち上がったクレイが、カーゴをなでている。

「捨てられたのか？」

「まあ、型落ちっていうか、今の流行じゃないですからねえ」

このカーゴは安い血統で、扱いづらいので人気がないらしい。

「カーゴもブランドがあるのか」

「尾羽が青いのが最近の人気でスピードが出ます」

「最高級のやつはどんなのがある？」

「街中じゃ乗れませんが、ジャガーとかですかね。もちろん野生のではなく、子供から飼いならす必要がありますけどね」

「うーん、燃費が悪そうだな」

目の前のカーゴを観察してみると、目が大きくコミカルな顔をしている。捨ててあったやつを持って帰っていいのだろうか。

「乗って帰ったらバス代を浮かせられるな」

「アパートの一階に駐車場がありましたよね」

「駐車場っていうか、厩舎《きゆうしや》みたいなのだったけど」

クレイは持って帰るつもりらしい。確かにこれから働くなら、多少維持費がかかっても足は持っていたほうがいいだろう。

「じゃあ、どうしようか。まだ帰るには時間がなあ……」

まだ昼にもなっていない。だが、仕事がなければここにいる意味がない。

そんなことを考えていると、ブーンと何かが飛んできた。

《あ、こんなところにいた》

妖精のベスだ。神代《かみしろ》たちを見つけたベスは高く飛んで手を振っている。

しばらくするとカーゴが走ってきた。

乗っているのは管理人さんだ。管理人さんにしがみつくようにリズラザも乗っている。

「神代《かみしろ》さん、探しましたよ」

カーゴに乗ったライアが手を振ってくる。

「え、管理人さんってカーゴ持ってましたっけ？　車持ちなんですか？」

「これはシェアカーゴです。うちのアパートの近所にもシェアカーポイントがあるんですよ」

貸カーゴもあるのだ。

「それでですね、ヴェルグさんがギルドで依頼を探してくれたらしいです」

ライアが依頼の書かれたメモ書きを見せる。

「あいつ……」

なんだかんだとあのドワーフも手伝ってくれていたのだ。

「果樹園の果物を酒造所に運ぶという依頼ですね。依頼料金はお酒ですが」

「呑《の》みたいだけか」

一瞬でも感動してしまったことを後悔する。

「でも、お酒なら換金もできますし、傷まないですからね」

クレイは木の蔓《つる》などで手綱を作り、捨てカーゴに乗っている。二匹のカーゴがいるので、四人で果樹園まで行くことができる。神代《かみしろ》はクレイの後ろに乗ることにする。

「初めて乗ったけど、なんかバランスが悪いな」

「しっかりつかまってください」

カーゴが走りだす。鞍《くら》もないのにクレイはうまく乗りこなしている。

「こいつがいるなら、流通のバイトもいいかもな」

「流通はミゼットや獣人が使われますが、そうとうノルマの厳しい仕事ですよ」

「やっぱり運送はこっちの世界でもブラックか」

神代《かみしろ》はいつの間にかクレイと会話できるほど騎乗に慣れていた。

「すごいですね、初めてとは思えませんよ」

並走するライアが褒めてくれる。もう景色を眺める余裕もできた。もしかしたらこれも召喚者の能力かもしれない。

「……お、そっちは乗り物苦手系？」

「うるさい」

なんだかリズラザの顔色が優れない。

「慣れたようなのでスピードを出しましょう」

いきなりライアの表情が変わった。薄笑いを浮かべたライアが木々をすり抜けるようにして加速する。この人、手綱を持つと性格が変わる人だ……。

リズラザの顔色の悪さの理由がわかった。

＊

「ここが果樹園です」

クレイがカーゴをとめたその場所は、ただの樹海だった。

足元は舗装されているわけではないが、妙に平らに踏み固められた道がある。そしてよく見ると、道沿いに果樹をぶら下げた木が確認できる。

自然の樹海を利用した果樹園なのだろうか。

「じゃあ早めに採っていきますか」

クレイが妙に急《せ》いている。途中で切った竹のような植物で棒を作って、それで果物を落としていくようだ。

「果実酒なので糖分が多いものがいいでしょうね」

ライアが道を進みながら果実を確認している。

ちなみに街で果樹園を作っても糖度の高いものができないらしい。つまり森は甘さを利用して、人間やその他の種族を支配しているともいえる。

《これ、よさそうだよ》

飛べるベスが指さしたのをクレイが落としていく。

神代《かみしろ》たちは道を進みながら果物を集めていく。取った果物は、リンゴやブドウのようなもの。さらにピンポン玉や真っ黒い塊のようなものまで様々だ。よくこれだけの果物をこんな奥地で育てたものだ。肥料などを運んだり道を踏み固めたりとの労力は相当だったろうに。

《わー》

ベスの悲鳴が聞こえた。見ると、果実を探していたベスが猿につかまっていた。いつの間にか周囲の木々に猿の群れがいた。

「待ってろ、今助けてやるから」

神代《かみしろ》はクレイが止めるのも聞かず、ベスを握っている猿に向かって石を放り投げる。

《ひゃあああ》

ベスは怒った猿に放り投げられ墜落する。

「いて！」

何かが当たって神代《かみしろ》は顔をしかめる。猿たちが小石のようなものを投げ始めた。……石じゃない。未成熟の硬い小さな果実だった。

「あの猿、凶暴なんですよ」

クレイが頭を抱えている。

「なんとかならないのか？」

四方から投げつけられ、神代《かみしろ》はリズラザに助けを求めた。このエルフは魔法とか使えたりしないのか。

「空中に力場を作る魔法を知ってる。お母さんに教えてもらった大切な魔法は、今でもはっきりと心地よく耳に残ってる」

「それを早く」

神代《かみしろ》はクレイと管理人さんを礫《つぶて》から守ってやる。

「えっと……」

「でた、長寿ゆえのあっさり忘れてるやつ」

リズラザはもごもごと魔法の詠唱らしきことをしながら首をかしげている。

「くそ、こうなったら俺が」

神代《かみしろ》は意を決して剣を抜き、木の上の猿を威嚇する。

……ぴたっと降り注ぐ礫《つぶて》がやんだ。

「猿たちが逃げていきますね」

しゃがみ込んでいたライアが、首をかしげて立ち上がる。

「俺の気合のおかげか」

召喚者は特殊な能力が付与されると聞く。さらに神代《かみしろ》は、一応ながら勇者の資格がある能力だったのだ。

「いや、違います。あれから逃げたんです」

クレイが警告した瞬間、背後からドスンと振動が伝わってきた。

ドスンドスンという音はこちらに近づいているような……。

「逃げますよ！」

クレイの叫びとほぼ同時だった。見えたのは巨大な象だった。

動物園で見た象よりも二回り以上も大きな象が群れで走ってくる。

「うわああ、なんだあれ」

「この果樹園の主ですよお」

ひときわ巨大な象がこちらに突進してくる。でかいくせに速すぎる。

ドカンと激しい音と衝撃に四人は地面に転がる。振り向くと象はリンゴの大木に体当たりしていた。そしてばらばらと落ちたリンゴを食べ始める。

「この隙に逃げますよ、落ち着いて」

クレイがカーゴに飛び乗ったが、リズラザとライアはへなへなとへたり込んでいた。

「乗れ、早く！」

神代《かみしろ》はリズラザを抱えてクレイの後ろに乗せ、落ちていたベスを乱暴にパーカーのフードに投げ込む。そしてライアを抱きかかえながらもう一匹のカーゴに飛び乗った。

縄張りを荒らされたと思ったのか、巨大な象が地響きを立てて迫ってくる。

「行け！」

神代《かみしろ》は手綱を引いてカーゴを走らせる。

速度はカーゴのほうが速く、どうにか象を引き離す。そして果樹園の道からそれて森に逃げ込んだ。

「この果樹園はあの象が作ったんです」並走するクレイが説明してくれる。「果物が好きで、果物がなる木を探しながら歩いているうちに果樹園ができたのです」

踏み固めたのはあの象だったのだ。そして果実を食べ、糞《ふん》と一緒に種が落ちるため、そのコースに果物の木が生えてくる。象の排せつ物がそのまま肥料にもなるのだ。

「あの巨象に踏みつぶされた事故が結構あるんですよ」

果物狩りとなめていたら死ぬ可能性があったのだ。

「……あの、ありがとうございます」

抱えるように前に乗せていたライアがもぞもぞとしている。

「あ、すいません」

カーゴを操作するのに必死で密着していたので、少し隙間を空けた。

「カーゴの運転、お上手ですね」

そういえば夢中だったが、どうにか運転できている。

「召喚者は特別な能力がギフトされます。それは身体能力であったり魔力であったり、武器や乗り物の操作など。……だからですかね」

異世界に来てから日々の暮らしに追われていたが、自分にちゃんと召喚者としての能力があるのだ。そう思うとうれしくなる。

「勇者になる人間ですから」

「ふふっ、そうですね」

ライアは神代《かみしろ》の軽口をあっさりと受け止めた。彼女の笑顔を見ていると、勇者を目指すという荒唐無稽なことがなんでもないように思えてしまう。疲れていた心も軽くなった。なんだかとても不思議な人だ。

神代《かみしろ》たちはそのまま酒造所を目指す。

酒造所は清流の近くの自然にできた洞窟にあった。

そこでは多くのミゼットが樽《たる》を運んだりして働いていた。肉体労働だが和気あいあいとした雰囲気だ。

神代《かみしろ》はかき集めた果物を酒造所に卸す。本当はもう少し採りたかったが、命のほうが大事だ。

「人間が、ミゼットとエルフと組んでいるなんて珍しいな」

酒造所の主は人間の老人だ。

「たまたまアパートが同じなんですよ。ドワーフまでいます」

そう言うと、さらにいぶかしがられた。エルフもドワーフも気難しく、さらにミゼットは臆病なので、積極的に人間と関わろうとしないらしい。多種族をまとめて戦ったのは勇者ぐらいだという。

「でも、ここにはミゼットがいっぱいいますよね」

「まあ、これがあればお互いに心を開けるからの」

老人はにやっと笑って酒樽を指さした。

＊

「けっこう暗くなっちゃいましたね」

前に座るクレイが言う。酒造所の仕事を手伝ったりしてたので、帰りが遅くなってしまった。

「灯《あか》りもあるから大丈夫」

帰りも神代《かみしろ》はカーゴの運転をしていた。

《そろそろ森を抜けるよ》

発光したベスが先導してくれている。カーゴは起伏のある場所も走れるので、森をショートカットして街へと向かっていた。

ベスの言うように森を抜けた。

「ああ……」

神代《かみしろ》は夜の風に目を細めた。芝生が広がる小高い丘だった。ここから街の夜景が見える。それはとても優しい光でできた夜景だった。

「わあ、空も綺麗《きれい》ですねえ」

並走するライアはまるで子供のようだ。

「すごい綺麗だ。月が二つもあるのか」

見たことのない星空が広がっている。

「こんな星空だったなんて」

この世界の住人のはずのライアは、まるで初めて夜空を見るかのようだ。なんだかこのまま帰るのがもったいない気がする。

「少し休んでいきませんか？」

神代《かみしろ》はカーゴをとめてライアたちに言った。

「そうですね、ちょっとだけ」

ライアがカーゴをとめ、荒い運転に疲労していたリズラザが安堵《あんど》のため息を吐く。

「綺麗だな」

カーゴから降りた神代《かみしろ》は夜空を見上げる。

「なんだか月に手が届きそうですね」

ライアが空に向かって手を伸ばしてぴょんぴょんと跳ねている。

「……ん、なんでしょうか」

神代《かみしろ》の視線にライアが首を傾《かし》げている。

「いえ、なんていうか、本当にこんな純真なことやる人いるんだなあって。あ、でも、ここは異世界だから普通か」

《いや、この世界のスタンダードにしないで》

「うん、手を伸ばすだけならまだしも、飛び跳ねるのがあざといかも」

ベスとリズラザに言われ、ライアは涙目になってしまう。

「あ、でも、届くかもしれませんよ」

気を使ったクレイが手を伸ばして飛び跳ねている。

「もういいです。うちのアパートの住人たちは夢がありません」

へそを曲げてしまったライアはその場に座り込んでしまった。

神代《かみしろ》は、カーゴに積んであった酒樽を一つ下ろしてカップに移した。

「うちのアパートの管理人さんが厳しくて、こんなにお酒を持って帰ったら怒られるかもしれませんん。少し減らしていっていいですかね」

神代《かみしろ》がカップを差しだすと、ライアはくすっと笑った。

「そんなに怖い管理人さんがいるんなら、減らしたほうがいいですね」

四人は夜景を見ながら酒を呑む。

今日はつらいこともあったが、うやむやになる。酒を口につけると、果実の香りが広がった。

「うまいな」

神代《かみしろ》はふうっと息を吐く。この酒は今日の労働の結晶だ。

「おいしい。いろんなことを忘れそう」

これ以上忘れてどうすると思ったが、リズラザも気に入ったようだ。ベスも酒をなめている。

「なんか、本当に星に手が届きそうだなあ」

「気を使わないでください」

「本当にそう思いますよ」

……東京の夜景はまぶしすぎた。

だから何も見つからなかった。キラキラと光がまぶしすぎて、そこにいるだけで自分も輝ける気がしていた。でも、それはまぶしすぎる光に目がくらんでいただけだった。

でもここは違う。この世界は暗いからこそ本当の光を見つけられる。

本当の星の輝きを知ることができるのかもしれない。

「もう一度みんなで手を伸ばしてジャンプしてみますか？」

酒を呑んで機嫌を直したライアが言い、三人と一匹はうなずく。

「じゃあ、いきますよ。三、二、一……それっ」

夜空に向かってライアだけが大きくジャンプした。

それを見て神代《かみしろ》は思う。この世界は自由で、その自由を選んでよかったと。異世界まできてレールの上を歩くのはばかげている。

「もう！　なんで私だけなんですか！」

憤慨するライアを前に、神代《かみしろ》は心が温かくなった。

この異世界でやっていける自信が少しだけついたのは、この自由で純粋な人のおかげだ。

夜空の下で四人と一匹は乾杯する。

megami na apart
kanrinin
san to hajimeru
isekai yuusha keikaku

3

冒険者になってみる

『中央教会の修復は順調です。新しい巫女《みこ》も配属されました』

『王室の三女アイシス様の婚約が進行中です。うまくいけば結婚は年末に。同時にアイシス様が住居から姿を消したとのゴシップも』

『演習の結果ですが、竜の団はこれで五連敗となりました』

朝刊のオウムがしゃべっている。週刊誌ネタも混じっている気がするが。

「お前が作った漬物、なかなかいいぞ」

「うん、悪くない」

相変わらずドワーフもエルフもミゼットも神代《かみしろ》の部屋で朝ご飯を食べている。

「それで今日はどうするんですか？」

「冒険者になろうと思います」

神代《かみしろ》は朝ご飯を食べながら、ライアに今後のことを話していた。

「やっぱり仕事の幅が広がりますし、何より冒険者のランクを上げないと勇者になれないんですよ」

「おい、漬物もっと出せ」

「醤油《しょうゆ》も」

ドワーフとエルフが漬物でご飯をかっこむというシュールな光景だ。ちなみに漬物は神代《かみしろ》自作のぬか漬けだ。混ぜるのは六号室のニートにやらせている。

「うるさいなあ、自分の部屋で食べればいいじゃん」

「わしらはお前が勇者になるために協力しているんじゃ。飯ぐらい食わせろ」

「だから、今その話をしてんの」

神代《かみしろ》は漬物をポリポリとかじりながらため息をつく。漬物はリズラザの部屋に生えていたヘチマっぽい何かを漬けてみたが、意外に深い味わいになった。

「クレイとも話し合ったけど、冒険者免許を取りに行くことにした。場所がちょっと遠くて数日かかるんだけど」

そう言うと、ドワーフのヴェルグがあからさまに顔をしかめ、抱きついてくる。

「なあ、あの果樹園の仕事でいいじゃろ。な、な、そうしよう」

「やめろ！　ひげ面《づら》が甘えてくるな！」

「あそこの酒、うまかったのに」

「朝から呑むんじゃないよ」

神代《かみしろ》はヴェルグから酒を取り上げる。

《なんかさ、誰かが来たよ》

言い争っていると、ベスが窓から入ってきた。

「お客さんでしょうか」と、ライアが部屋から出ていく。

「とにかく、俺は勇者になるって決めたんだ」

「そうですね」とうなずいたのはクレイだ。「勇者はすでに十二人いますが、僕は必ず神代《かみしろ》さんが真の勇者になると信じています」

この世界には勇者がすでに十二人いる。

帝国には正規軍の他には十二の軍団があり、帝国の周囲十二方向を守護している。その軍団それぞれに勇者が配属されているのだ。

そして彼らは勇者とされているが、実は真の勇者ではない。真の勇者は女神の加護を受け、多種族をまとめ、魔王を倒した存在だ。そんな名声を高めないと真の勇者と認められない。つまり十二人の勇者はまだ仮の状態なのだ。

「それにもうすぐ戦争があるって噂《うわさ》がある。そこで名声を高めればチャンスはある」

このところ帝国軍と魔王軍は小競《こぜ》り合《あ》いを繰り返している。そろそろ大規模な交戦があるとの噂《うわさ》が絶えない。それは不穏ではあるが、神代《かみしろ》にとっては好機だ。

「そうじゃな。他の勇者なんて屁《へ》でもないぞ」

「うん、目じゃない」

ヴェルグとリズラザは味方してくれている。それはとてもありがたいことで勇気が出る。

「神代《かみしろ》さん」

外からライアの声がしたので、窓から覗《のぞ》いてみる。

「あ……」

神代《かみしろ》は息をのむ。そこにはカーゴに乗った騎士がいた。

……この世界に十二人いる勇者のひとりだった。

＊

「こんなところにいたの？」

目の前にいるのは、ゴールドカラーの鎧《よろい》に身を包んだ女性だ。召喚者の学校で会ったこともある、同世代の召喚者で七原《ななはら》ミサキという。

そして彼女のマントには黄金の鷹《たか》の刺繍《ししゅう》がある。つまり十二の軍団の中で最強と称される鷹《たか》の軍、黄金の鷹《たか》の軍団の勇者だ。

ミサキは神代《かみしろ》と同じタイミングで召喚されたが、その能力の高さを買われて鷹《たか》の勇者となった超エリートなのだ。

「学校やめて出ていったと思ったら、冒険者の真似事《まねごと》をしてるんですって？」

樹海迷宮で出会った召喚者から話が伝わったのだろう。

「そしてここは何？　監獄をアパートにしたのか、アパートを監獄にしたのか……」

ミサキはあきれたようにアパートを見つめている。

「うまいこと言うんじゃねえよ」

アパートを馬鹿にされて神代《かみしろ》は憤慨した。ここは異世界でつまずきかけた自分を助けてくれた場所だ。アパートを馬鹿にされるということは、仲間を馬鹿にされるのと同義だ。

「うまいこととはなんですか」

管理人のライアはむっとしている。

「いえ、あの、昭和っぽい味のある場所という意味なんです」

ミサキの整った顔がだらしなく緩んだ。

「アパートの管理人をしてると聞いたので来たのです」

ミサキは高校も大学も女子校だったので、とても女性に優しいのだ。というより女性が好きなのかもしれない。まあここは異世界なのだからなんでもありだ。

「お前か、管理人さんに俺が学校をやめたことをチクったのは」

ライアに怒られた日、彼女はミサキに会って神代《かみしろ》のことを聞いたのだ。

「こんな絶望の収容所に、あなたのような美しい人がいる必要はありません。よかったら、私のところに来ませんか？」

ミサキは神代《かみしろ》を無視してライアの手を握る。

「うちの管理人さんに手を出すんじゃねえ」

神代《かみしろ》はその手を振り払った。ライアに手を出すこいつは敵だ。

「あのー、勇者様なんですか？」

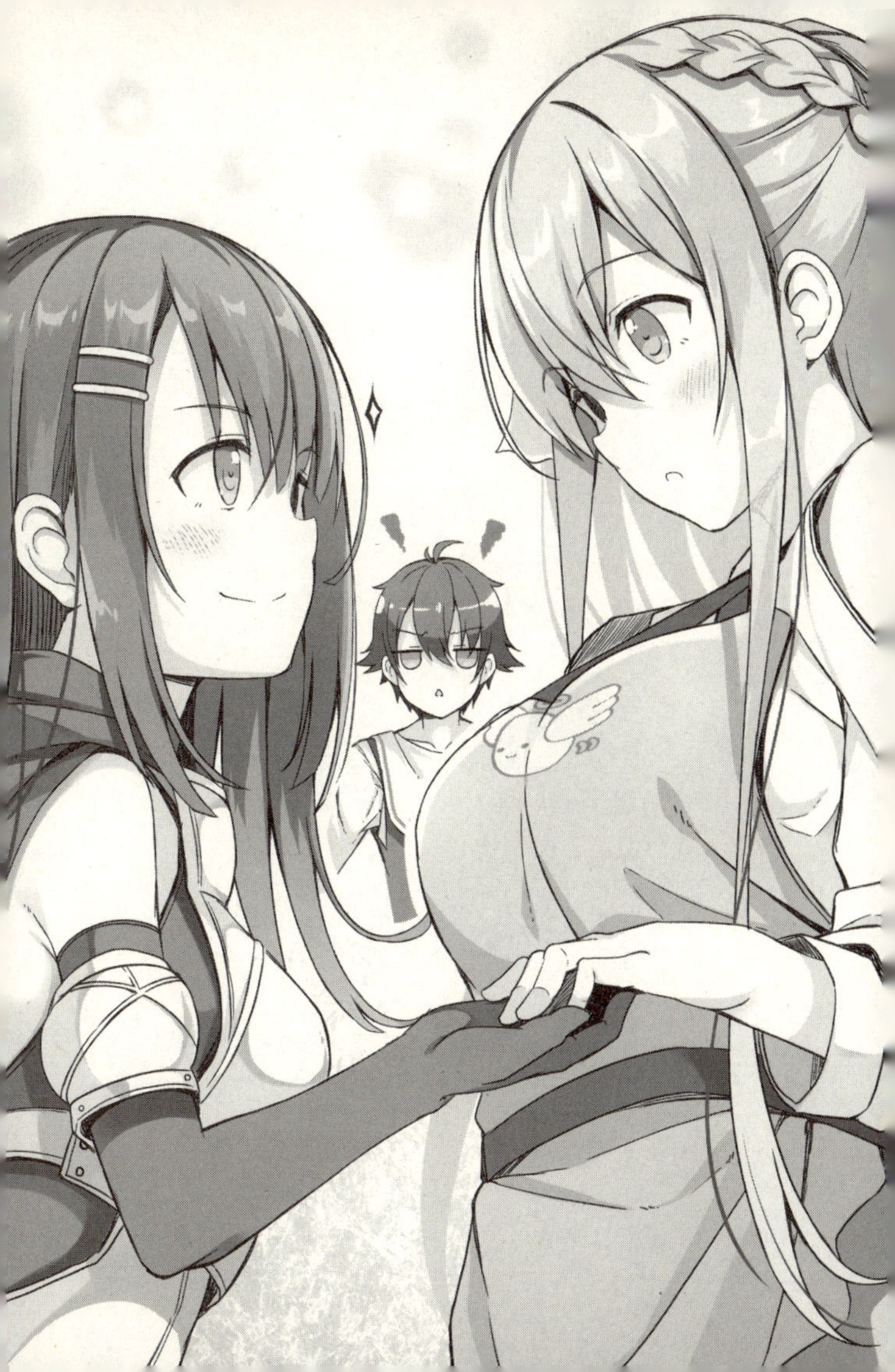

様子を窺《うかが》っていたクレイが声をかけてくる。

「そうよ、君はここの住人なの？」

ミサキはきらっとした笑みを浮かべる。

「はい、ぼろいアパートでお目汚しですが」

クレイは頬を赤くして照れている。

「わー、かわいい。なんかお人形さんみたいだねえ」

「へへ……。あの、よかったらカーゴを預かって整備します。一階が厩舎《きゆうしや》になっているので」

「いいの？」

「勇者様のカーゴを整備できるなんて幸運です」

「こんなかわいいミゼットちゃんが整備してくれるなんて！」

ミサキはクレイにチップなのか銀貨を握らせた。それを見て驚愕《きようがく》する。神代《かみしろ》は未《いま》だに銅貨しか見たことがなかった。

「なあ、お主はあいつの仲間か？　あいつは本当にしょうがないやつで、金を貸しても返ってこないんじゃ。代わりに払ってくれないか？」

ヴェルグがひそひそとミサキに耳打ちしている。

「私もあの人にいろいろと貸してる」

リズラザもしれっと参加している。

「他の種族の人に迷惑かけないで。召喚者のイメージが下がるから」

ミサキは二人に銀貨を握らせながら神代《かみしろ》をにらむ。

「いやいや、金を貸してるどころかたかられてるんだぞ」

憮然《ぶぜん》とする神代《かみしろ》の横で、ヴェルグとリズラザはさらにミサキに媚《こ》びる。

「管理人さんが気になるなら取り持ってやるからな」

「勇者に妖精と精霊の加護を授けるのはエルフの役目。ちょっとお金がかかるけど」

……こいつらはプライドというものがないのか。

「帰れよ。俺はこのアパートで夢をかなえるんだ」

「夢って……公認会計士になるとか？」

「適当すぎるだろ！　勇者だ、それも真の勇者になるんだから」

そう言うと、ミサキは深いため息をついた。

「君さあ、異世界まで来て夢見ないで。ここは夢の世界じゃなくて現実なの。君は東京で百近いバイトをやったって自慢してたじゃない。カーゴの交通量調査とかのバイトはどう？」

「交通量調査もいい仕事だけど、俺は勇者を目指す」

神代《かみしろ》はきっぱりと言い、皆に振り向く。

「そうだよな、みんなも協力してくれるんだもんな」

振り向くと、ドワーフもエルフも銀貨を数えていた。

「もういい。とにかく俺は自由にやる」

ミサキは首をすくめてみせた。

「この世界には魔王がいるの。それを倒すのが私たちの役目。勇者じゃなくても、生活を豊かにしたり武器を作ったりと裏から補佐するのも重要な仕事じゃない？」

「そんなのどうでもいいんだよ。お前なんて魔王に殺されてしまえ。ていうか俺は自由なんだ。魔王側についてお前たちと戦うことも自由」

演説する神代《かみしろ》に、ヴェルグたちはドン引きしている。

「こいつ、悪いやつなんじゃな」

《やっぱり勇者の格じゃないっていうか》

「お金も倫理もない人間」

妖精やリズラザがひそひそする横で、ミサキはライアに笑顔を向けている。

「今日は用事がありまして、また今度迎えに来ますね」

ミサキはカーゴの整備を終えたクレイの頭をなでてから、風のように去っていく。

「かっこいい」

クレイがぼそっとつぶやいた。

＊

「ってことで俺は免許を取りに行くことになったから」

部屋に戻った神代《かみしろ》は、壁の穴越しに六号室のニートと話していた。

「あと、すぐ返すから少し金を貸してくれないか」

ひそひそと頼むと、しばらくして小さな革袋が差しだされた。中を見てみると、汚れた貨幣やモンスターの牙などの素材が入っている。

「食料は少し置いていくけど、管理人さんはいるからな」

硬いパンがいくつかと、切り干し大根がある。神代《かみしろ》の剣を使い、指を怪我《けが》しながらもライアが作ってくれたやつだ。

「冒険者になって、すぐに戻ってくるからな」

神代《かみしろ》は小さくため息をつく。先ほどのミサキはまぶしい鎧《よろい》に身を包んでいた。真の勇者を目指すにしてもスタート地点から違うのだ。

「……大丈夫」

神代《かみしろ》は穴越しに手を握られた。

「きっと、あなたは勇者に一番近い場所にいるから」

このニートのただの言葉に心がとても満たされる。

「なんかさ、お前にそう言われると安心するんだ。ただ飯食らいのニートだけど隣にいてほしい。やっぱり俺ってお前のこと……」

「うん」

「下に見てるんだな。なんていうか自分より駄目なやつに安心するっていうか」

握った手をがりっと噛《か》まれた。このニートは噛《か》みつき癖がある。

「応援してくれたお返しに、ニート更生プログラムを組んで更生させてやるからな」

「それは望んでない」

「冒険者になったら、ランキングを上げて、女神様の加護をもらって、他の種族となかよくして、一緒に魔王を倒すよ。そしたらもう少しだけお前を養うことができる」

「……うん、待ってる」

しばらく手を握っていたが、しゅっとその手は穴に引っ込んだ。

「握りすぎ」

「じゃあ行ってくるからな」

神代《かみしろ》は剣を腰に差して立ち上がった。

アパートの外に出ると、クレイたちが待っていた。

「じゃあ、俺は一人で行ってくるから」

そういうとクレイが焦《あせ》っている。

「ちょっとー、なんでそんなに不機嫌なんですかあ。僕も行くに決まってるでしょ」

「いやいや、俺はやっぱり一人だって再確認したからさ」

「ふてくされないでくださいよお」

クレイが神代《かみしろ》の腰に抱きついてくる。

「いや、別にふてくされてるわけじゃないし」

神代《かみしろ》のつれない態度に、ヴェルグとリズラザもわずかに反省の色を見せた。

「なんていうか、勇者がどんなもんかためしたんじゃよ」

「うん、そういう感じ」

「それにしては、あいつをちやほやしてたよな」

ぶつぶつ言っているとライアが割って入った。

「勇者は多種族をまとめた過去があるので、どの種族からも尊敬される対象らしいですよ」

「そうなんじゃや、ドワーフの恩人でもあったから」

「でも、仮の勇者相手にどうかしてた。別になんとも思ってない」

神代《かみしろ》はリズラザの手を取った。

「じゃあ、この銀貨を捨てろ」

手を開こうとしたが、リズラザはぎゅーっと銀貨を握りしめている。

「捨てろよ、馬鹿エルフ」

「剣や矢に良《い》い悪いがないように、お金にも良《い》い悪いは存在しない」

「やめてください！」

ライアに怒鳴られてしまった。それから深いため息をついて四人を見る。

「私は神代《かみしろ》さんが勇者になることを信じています。そこにたどり着くまでに迷ったり回り道をしたってかまわないのです」

ライアの言葉には救われる。やっぱり神代《かみしろ》の女神様だ。

「そして魔王の心臓を貫くのは神代《かみしろ》さんです。なぜだか私はそう思うのです。出会ったときからそんな運命を感じたのです。それはきっと春にバラが咲き、冬には雪が降るような決まった運命……」

自分の世界にどっぷりと入ってしまうことをのぞけば、素晴らしい人なのだ。

「うん、これは運命のお金」

リズラザとヴェルグはうなずきながら銀貨をしまっている。貧乏になってもこいつらのようにプライドを失わないようにしよう、と神代《かみしろ》は誓った。

「管理人さん、それでは行ってきます」

「神代《かみしろ》さんに加護がありますように。……って私、無宗教でした」

ライアが舌を出して笑ったので、神代《かみしろ》は幸せになった。神代《かみしろ》にとって管理人さんの応援ほど力になるものはない。

神代《かみしろ》はライアに手を振り、クレイと一緒に歩きだす。

ふと振り返ると、ヴェルグとリズラザもついてくる。

「なんで来るの？」

「いや、臨時収入が入ったから、別の街の居酒屋に……いや、飯代ぐらいおごろうと思ってな」

「うん、馬車賃ぐらい払う」

二人も少し後ろめたいところがあるようだ。

「頑張ってくださいね」

ライアに見送られながら四人は出発する。

冒険者免許を手に入れるための場所と日時は、ギルドのあの怖い女性に聞いていた。相変わらず怖かったが、免許を取ることを伝えると、エントリー用紙を投げるように渡してくれた。

「会場まで二日ぐらいかかりますね。まずは駅に向かって中央道という馬車道で東に向かいます。ロミロロという大きな街がハブになっていて、そこからメトロに乗り換えですね。ロミロロで一泊することになるでしょう」

クレイがいろいろと調べてくれたようだ。また、冒険者免許の実技はクレイも参加する。冒険者はミゼットを連れていくのが慣例らしい。

街をしばらく歩いてカミツレ平原に出る。そこに中央馬車道の駅があった。召喚者の提言で百年前に作られた路線らしい。現在も人と物資の流通に使われている。

この前のような満員馬車を覚悟していたが、意外にも東方向はすいていた。馬車には多くの物資が積まれていたが、乗員は神代《かみしろ》たち四人だけだった。

「中央馬車道に乗るの初めてなんです」

隣に座ったクレイがにこにこしている。物資の積み込みが終わり、ガタンと馬車が走りだす。

馬車用に整備された道なのでとてもスムーズだ。

「ボンゴレで走ってもよかったけどな」

ボンゴレとは捨てカーゴにつけた名前だ。あれからクレイはボンゴレの世話をして、すっかりアパートの一員となっていた。

「回り道しないといけませんし、試験の前に疲れちゃいますよ」

神代《かみしろ》とクレイは馬車の座席から外に足を投げだして座る。緑の景色が流れていく。馬車に並走して牧場のカーゴが走っている。

「あそこに帝国軍の駐屯地があります」

クレイがいろいろ説明してくれる。中央道は山へと向かっている。

「右に見えるのはカーゴのレース場です。左にはエール工場がありますね」

「なんだか東京の暮らしが昔のようだ」

景色を見ていると灰色の東京生活を忘れられる。

《東京の話をしてよ》

リズラザのフードからベスが顔を出している。ベスとリズラザは東京の話が好きなのだ。

「水道以外にも電気とガスがある話、面白かった」

「あー、こっちにはないもんなあ」

「電気とガスはすぐ止めるけど、水道はなかなか止まらないのと、止まるときは元栓を針金でがちがちに固められる話が好き」

「……うーん、しがらむなあ」

なぜか貧乏話がウケるのだ。

「それより、駅弁を買ったから呑むか」

ヴェルグはミサキにたかった金でさっそく豪遊している。異世界の駅弁はヒマワリのような植物そのままだ。ヒマワリのように種を食べるらしい。

四人はカリカリと種をかじりながら馬車に揺られた。

そして走ること数時間……。

「ここがロミロロか」

ハブシティと呼ばれる街についたのは夕方だった。

街の中心には巨大な樹木がある。目測で三十階建てのビルぐらいの大きさだ。この世界の重力はどうなっているのか。やはり魔力の影響か。

「あれがスカイツリーです」

クレイも初めて見るようだ。四人はしばらくその巨大な樹《き》に圧倒された。

樹木は改造され、階段から通路、ウッドハウスなどが鈴なりだ。この樹《き》を利用したデパートだ。飲食店や宿屋もあるらしい。

「うわあ……」

樹木のてっぺんから巨大な鳥が飛び立った。それはグリフィンだった。

「スカイツリーの頂上には空港があるんです。海の向こうにも島があって交流があります。でも、グリフィンは高いんですよね」

「ここに来たことある」

リズラザはここを介して今の街に来たようだ。

「お母さんに会いに行くためにここに泊まった。あの夜景は今でも目に焼きついてる」

「そっか」

リズラザも苦労があったようだ。彼女の案内でその宿屋に行くことにする。

木と縄で組んだ通路を歩き、猫耳獣人がロープで動かすエレベーターに乗りスカイツリーを上がっていく。足場はしっかりしているが、高度が上がってくるとさすがに怖い。

そして当然のようにリズラザが迷っている。

「まったく焼きついてなかったな」

昔と違うのは当然なのだが、リズラザが昨日のことのように言うので、つい信じてしまう。

「まあまあ、宿屋はいろいろあるようですから」

クレイの言うようにいろいろある。ウッドハウスの宿から枝にハンモックをぶら下げただけのものまで。当然ながら安いほど怖い。

「それより、まず飯じゃろ」

ヴェルグがげんなりとしている。駅弁以外の飯を食べられていない。さらに舗装されていたとはいえ、ずっと馬車に揺られて体が痛い。

「確かにちょっと酒でも呑みたいな」

リズラザとクレイもうなずいている。ストレスがたまっていたようだ。

木の枝にはオウムが止まっており、それぞれが店の宣伝をしている。その中から雰囲気のよさそうな店を選ぶ。

少しオープンすぎて怖いが、木の枝の形状を利用したビアガーデンに行くことにする。店員は木の上に住むという猫耳獣人の女の子たちだった。案内してくれた席はとても景色がいい。というかよすぎる。夕日に赤く照らされた地面がはるか下だ……。

四人分のエールと、焼いた鳥などのつまみを適当に頼む。

「とりあえずお疲れさん」

四人は木製のカップを合わせてエールを呑む。

……ぬるいエールだったが、疲れた体に異様に染《し》みる。というかぬるくて甘ったるいのが体にとてもやさしい気がする。そして風がとても心地いい。

「……ん、どうしたおっさん」

ヴェルグが意外にもおとなしい。高所恐怖症か？

「酒がうまいなと思ってな」

「こんなエールだったら、水道橋近くにもなかったか？」

「いや、なんていうか、働いてから呑む酒がうまいなと」

「うん、わかる」

ヴェルグがしみじみと言い、リズラザも同意している。

「そっか……」

神代《かみしろ》は驚いた。こいつら馬車に揺られて別の街に来ただけで、働いたと思っているのだ。

いや、ここは寛大な心で許してやろう。なんとなく働いた気になっているだけでも進歩といえよう。

神代《かみしろ》はふと思いだして、店員の獣人を呼んで頼みごとをする。管理人さんにロミロロに無事についたことを知らせたかった。もちろん電話などないが……。

「水道橋の街でしょ。ちょうどあった」

持ってきたのはオウムだった。神代《かみしろ》はお礼を言って金を払う。さまざまな街に住むオウムが集められ、それが通信手段となっているのだ。

知能が高いこの鳥は長い文章でも憶《おぼ》え、自分の街に帰ることができる。

「管理人さん、そして六号室のニートへ。夕方に乗り換えの街に無事につきました。長時間の移動で体がガタガタですが、樹《き》の上から見る異世界は美しくて元気が出ました。必ず冒険者となってアパートに戻るので、おいしいご飯を作って待っていてください……」

＊

朝日がのぼる空を背景にグリフィンが飛んでいる。

簡易宿泊所で一夜を過ごした神代《かみしろ》たちはスカイツリーから降りていた。

「冒険者免許試験が行われるのは、あの山の向こうにあるラザロという街です」

クレイが広大な山を指さしている。

「山越えか。グリフィンに乗れればなあ」

「空はチケット代が高いので僕らはこっちです」

クレイを先頭に神代《かみしろ》たちは歩く。

「あの山、懐《なつ》かしいのお。昔あそこで働いとったわい」

「おっさん、そのごつい手で山菜つみのバイトでもしてたのか？」

「あそこは鉱山じゃ。この周辺に遺跡やら迷宮やらがあって鉄が不足してたんじゃ」

穴を掘る仕事とはドワーフらしい。武器のための鉄を掘っていたのだろう。

「今は閉山されてますけど、そのときの穴が利用されてるみたいです」

山からトロッコを運ぶための線路が見えた。鉱山のトンネルを馬に走らせるのか？

「駅弁買いたかったのになあ」

その駅は閑散としていて売店がない。立ち食いソバのような店もない。

「昨日の残りならある」

リズラザが葉っぱの包みを見せた。ビアガーデンの料理を持ち帰ったらしい。

「エルフはラップみたいに葉っぱを使うんだな」

東京の生活で、ラップを使って飲み会の料理を持ち帰るという神代《かみしろ》の話を聞いてまねしたようだ。なんだかこのエルフはどんどん東京の貧乏生活に毒されていく。

そんなことを話しているとトロッコが走ってきた。

トロッコを引いているのはなんと巨大なトカゲだった。

「洞窟トカゲです。暗闇でも狭い場所でも安定して走れます」

神代《かみしろ》は恐る恐るトロッコに乗り込む。

「大丈夫かな。大丈夫だよね」

心配する神代《かみしろ》をよそにトカゲが走りだす。グラグラと揺れる高架を走り、真っ暗なトンネルに突入した。

「うああ、このメトロ怖え」

異世界の地下鉄だ。トカゲも御者の獣人も夜目がきくのか灯《あか》りがほとんどない。

「そうだ灯《あか》りだ！　ベス、俺のベス！」

神代《かみしろ》はリズラザのフードで寝ている妖精を探す。そのときぐらっと揺れてカーブに入った。

神代《かみしろ》はバランスを崩してリズラザに寄りかかる。

「重い」

「ベスはどこだ？」

「そこじゃない」

なんかむにゅっとした感触があった。さらにガタンと揺れて神代《かみしろ》は思わず抱きついた。怒られようが怖いものは怖い。それにしてもリズラザの体は意外にしっかりしている……。

ふっとトンネルが明るくなった。崩落した場所なのか天井に穴が開いている。

「うわああ、きもっ。むにゅってなんだったたんだ」

神代《かみしろ》が抱きついていたのはヴェルグだった。

「そりゃ、こっちのセリフじゃ」

ヴェルグが憤慨し、さらに神代《かみしろ》はリズラザに頬を引っぱたかれた。さっきのむにゅっとした感触はリズラザだったとわかって少しホッとする。

すぐにトンネルがまた暗くなる。

「クレイ！」

トラブルを避けるにはクレイしかいないと、神代《かみしろ》はクレイに抱きつく。

「もう、やめてください！」

怒った声が聞こえたが神代《かみしろ》はクレイを離さない。

異世界のメトロはジェットコースターだ。東京のメトロの満員電車もいやだが、こっちはこっちで危険だ。

「思いだすのお、下のほうに銅が出たから下へ下へと掘っていった記憶がある」

「それって……うわあああああ！」

トロッコが急降下して悲鳴を上げる。

「そうしたら今度は右側に錫《すず》が出てきて……」

さらに急カーブして、神代《かみしろ》はクレイを抱きかかえたままもみくちゃになる。

「思いだした、錫《すず》の後に銀が……」

「もうやめてくれ！」

神代《かみしろ》の悲鳴がトンネルに響く。

《今のなんだったの》

目を回したベスが、リズラザのフードから転がり落ちた。

「もう、ひどい目にあいました」

ずっと神代《かみしろ》に抱きつかれていたクレイが真っ赤な顔をしている。

「いやあ、生きてた」

＊

鉱山を抜けてトロッコがやっと駅に停《と》まった。

山のこちら側は鉱山の名残が残っており、山の斜面がそのまま街になっている。そして眼下には深緑の樹海が広がっている。

「ここの樹海はまだ三割ぐらいしかマッピングができておらず、樹海の中にいくつも古代遺跡があるみたいです。……そろそろ離してください」

クレイに怒られ、神代《かみしろ》は握っていた手を離した。

「とりあえず街を散策するか」

神代《かみしろ》はベスを拾ってポケットに入れると、トロッコから降りる。

斜面にへばりつくような街は思った以上ににぎわっている。特に冒険者が多い。クレイの言うように遺跡などがあるからだろう。

「ギルドに行きましょう。試験のエントリーがありますから」

クレイに先導され、ラザロの街に入る。

冒険者が多いから活気がある。素材や発見物の買取、武器や探索の道具などの売買、飲食店や居酒屋が立ち並ぶ。

「いやあ、異世界だなあ」

なんていうかイメージ通りの異世界だ。ファンタジーゲームのような場所。

ホームの水道橋の街よりもこっちのほうが異世界している。ただし所狭しと並ぶ居酒屋では昼間から男たちが酒を呑んでおり、それは東京でもよく見かけた風景だ。

ギルドは街の中心にあった。建物が立ち並ぶエリアが全部ギルドのようだ。冒険者が多いために用途によって場所を分けているらしい。ランク別の依頼や保険相談などの矢印看板がいくつも立っている。

「なあ、ちょっとお前のために街の調査に行ってくるわい」

ヴェルグは鉱山を使ったトカゲレースに気づいたようだ。

さらにリズラザは転がる小石を遠くに放り投げたりと、飽きている。

「わかった、じゃあ自由行動にしよう」

面倒なのでここで別れることにする。

「冒険者免許の更新と試験はあっちですね」

頼りになるクレイと建物に向かう。

ギルドの受付は年配の女性たちだった。手慣れているのかとても事務的でスムーズだ。あの受付に慣れていた神代《かみしろ》は少し物足りなさを感じた。

「試験開始は明日の日の出です」

スタートは明日の早朝だ。早めにここに入れてよかった。一日は調整に当てたいところだ。

「急いで用意しましょう。今回の試験は探索実技です」

試験内容は、ラザロ北西部の樹海探索。そこでの素材集め。

期間は一週間で、合否判定は単純に素材の買い取り額となる。

「北西部はほとんど地図がないんです。迷ったら一週間どころじゃ出てこられません」

同じような景色の深い森が続く場所で、磁石も狂うらしい。

それを聞いて神代《かみしろ》は我に返った。

……ここは異世界だ。

運転免許を取るような優しい試験じゃなく、命がかかっている。高価な買取アイテムを探して樹海の奥深く入れば、当然ながら危険なモンスターもいる。怪我《けが》をしても基本的に助けは来ないと思ったほうがいい。

この世界は命が軽い。

怪我《けが》を治す薬や医学、さらに治療魔法まである。しかし死者をよみがえらせる魔法はない。いかなる魔法も死を覆《くつがえ》せない。できる可能性があるのはこの世界の女神ぐらいだと、神代《かみしろ》はエルフのリズラザから教えられた。

「甘く考えちゃいけないな」

神代《かみしろ》は気合を入れなおす。まずは装備をそろえねばならない。

ギルドエリアから出て店を見てみるが、冒険者用の道具は豊富だ。

しかし先立つものがない……。

「えへ、実は臨時収入がありまして」

クレイは銀貨を見せた。勇者のミサキからもらったやつだ。

「じゃあ、買い物に行ってきます」

神代《かみしろ》の複雑な心情を察知したのか、クレイは一人で店へと走っていく。まあ、用意はクレイに任せて間違いはないだろうが……。

神代《かみしろ》はふと気づいた。そういえば六号室のニートから借りたものがあった。ちょうど近くに買取の店がずらっと並んでいるので、そのうちの一つに入る。

「これ、買い取ってもらえます？」

カウンターで石の類を調べていた老人に声をかける。

見せたのはニートにもらった革袋の中身だった。モンスターの牙やら汚れた貨幣などだ。

「なんだ、これは……」

それを見た老人が首をかしげている。

「なんの牙だかわからん。こっちの銅貨はずいぶん古いな。もしかしたらあの失われた都の銅貨かもしれん」

「なんです、失われた都って」

「はるか昔に魔王に滅ぼされた都だ。そのまま魔物たちが居座り、いまだに解放されていないという」

「そんな古いのか。じゃあ買取は？」

「あまりにも古すぎて鑑定できる人間がおらんのう。どこで手に入れた？」

答えに窮し、召喚者のつてでと答える。

「まあ一枚だけ買い取ろう」

本物だとしてもそれほど価値はないらしい。それにしてもあのニートはなんでこんなに古い銅貨を持っていたのか。

それでも銅貨十枚ほどで買い取ってもらい店から出る。

《なんか、その牙とか見たことあるなあ》

ベスが革袋をのぞき込んでいる。こいつをポケットに入れていたことを忘れていた。

「投げて呪文を唱えると、スケルトンの兵士が誕生するみたいな？」

《うん、そう。それかもしれない》

ベスが適当なことを言うので、革袋をポケットにしまう。もしかしたらあのニートの大切なものなのではと考え気軽に売るのはやめようと思った。

神代《かみしろ》は手に入れた銅貨で身の回りの物を買う。必要なものはクレイがそろえてくれるだろうが、そればかりに頼ってはいけない。

店を回っているうちに夕方になってしまう。

武器の店などを眺めていると、背後から声をかけられた。

「なんで君がここにいるの？」

ミサキだった。彼女は肩にかかった髪を払いながらこちらを見ている。

「俺は冒険者になるために来たんだ」

「まだそんなことを言ってるの？　いいかげん現実を見なよ」

「お前に説教されるおぼえはない」

「せめて他の人間に迷惑をかけないで？　あの管理人さんがかわいそう」

「お前には関係ないだろ」

「私は勇者よ。この世界の女性を幸せにする義務があるの」

「こいつ……」

なんて傲慢なのだと思った。しょせんお前の力は異世界召喚のボーナスじゃないか。

「お前が勇者になったのはたまたまだ。お前の努力じゃない」

「私は選ばれたの。夢を追いかける君とは違う。私が管理人さんを幸せにしてあげる」

「管理人さんを守るのは俺だ。お前じゃない」

　ここまで言われて黙ってられない。管理人さんは自らの意思で神代《かみしろ》を応援してくれている。

ここで下を向いているわけにはいかない。

「こいよ、決闘してやる」

神代《かみしろ》は剣を握った。

「私が勝ったら管理人さんをもらってもいいのね？」

「そんなわけないだろ。でも、俺が勝ったらあきらめろ」

「この人、わがままだな」

「じゃあ、お互いに全財産を賭けよう。持っている銀貨と金貨をすべてだ」

「あんた、絶対に銀貨や金貨を持ってないでしょ」

神代《かみしろ》は知っている。勇者というのは戦闘経験が少ない。訓練ばかりで実戦がないのだ。それは現在の勇者はほとんどシンボルだからだ。魔物と戦うのは帝国の軍隊で、勇者はたんなる象徴のようになっている。

「まあいい、こっちに来なさい」

ミサキは人けのない場所を探して神代《かみしろ》を促す。

神代《かみしろ》は決意していた。東京暮らし時代、あまりに暇だったため河原で木刀を振っていた。それは強くなるためでも体を鍛えるためでもなく、ただ時間をつぶすためだけだった。それでも、神代《かみしろ》はその時間で培《つちか》った技術がある。

神代《かみしろ》とミサキは人けのない街はずれまで行って剣を抜く。

「決闘に負けたら冒険者をやめなさい。君は向いてない」

ミサキはすらっと剣を抜いた。

「安心しろ。まだ俺は冒険者じゃない。明日の冒険者試験を受けに来たんだからな」

そう言うとミサキは目を丸くした。

「それ本当?」

「本当だ」

「明日試験なのに、こんなことしていいわけないでしょ! ……てか、まだ冒険者でもなかったのね」

あきれたミサキが剣を鞘《さや》にしまう。

「なんだよ、決闘はどうするんだよ」

「ねえ!」

ミサキが大きな声を出したので神代《かみしろ》はびくっとした。

「異世界でも君の人生があるのよ。もっと真面目に考えて」

何も言い返せず神代《かみしろ》は立ちつくす。
「じゃあ私は用があるから」と、ミサキが立ち去っていく。
いつの間にか夜になっていた。なんでこんなことを言われなくちゃならない……。
《完膚なきまでって感じでみじめだなあ。……ほら、行こう》
ベスにまで気を使われてしまった。
「くそっ、こうなったら……」
こうなったらやることはひとつだ。

その後、神代《かみしろ》は皆と合流する。勇者になると信じてくれる仲間たちとだ。

……自分には仲間がいる。

「ちょっと呑みすぎじゃないですか？」

クレイが困っている。

そこは冒険者でごった返す居酒屋だった。炭鉱跡を利用した狭く薄暗い場所で四人は呑んでいた。最初は一杯だけのつもりだったが、いつの間にか何杯もおかわりしていた。

「勇者に斬られればよかったのに」

リズラザが暴言を吐く。ベスにあのやり取りをチクられたのだ。

「まあ、こんなときは呑むべきだな」

ヴェルグはトカゲレースで勝ったらしい。

「だろ！　酒は嫌なことを忘れる薬！」

なぜかこの場所で呑む酒はくらくらする。ビアガーデンのような開放的な場所じゃないからだろうか。さらに神代《かみしろ》が召喚者だと知った酔っ払いが絡《から》んでくる。

「おい召喚者、なんか面白ことやれよ」

「異世界の小話とかして、俺たちを楽しませろや」

酔っ払いどもは召喚者をお笑い芸人だと思っているのか？

そんな雰囲気に慣れっこなのか、クレイたちは平然と会話している。

「でも、なんで勇者が来てるんでしょうね」

「新しい遺跡でも見つかったのかのう」

「そんなのどうでもいい！」

あの勇者の称号は与えられたものだ。だが、神代《かみしろ》は自分の力で勝ち取る。冒険者となり、ランクを上げて勇者に……。

「おかわり！」

神代《かみしろ》は空のカップをテーブルに叩《たた》きつける。

「なあ、もうやめておこう」

「うん、今日はここまで」

なぜかヴェルグとリズラザがまともなことを言った。

「なんで今日だけ真面目なんだよ。朝まで呑むぞ！」

「神代《かみしろ》さん」

その声に、さっと酔いが覚めた。

顔を上げると、そこに立っていたのは管理人のライアだった。

「え、なんでここに？」

「心配になって来たんです。なんだか胸騒ぎがして。だからもう一度だけ頑張ってと声をかけたくなりました。そのためだけに来たんです。でも……」

ライアは唇を震わせ、ポロリと涙をこぼした。

「裏切られました」

「待ってください！」

神代《かみしろ》は慌てて立ち上がる。そもそもミサキと決闘しようとしたのは管理人さんのためだ。

「そんなに飲んだくれて、なんの言い訳があるというのです？」

「せめて話を聞いてください」

神代《かみしろ》の必死の表情に、周囲の酔っ払いたちが加勢してくれた。

「女はいつも男の話を聞かないからなあ」

「そうだ、言い訳ぐらい聞いてやれ！」

「なんか面白いことやれー」

男たちがガヤガヤと盛り上がる中、ライアは手のひらでテーブルを叩《たた》いた。

バシンという音が響き、一瞬で酒場が静まりかえった。ライアの放つ鋭利で冷たい空気を、
酔っ払いたちが敏感に感じ取った。

「俺は真剣なんです。気持ちは本物で……」

「嘘《うそ》つき！」

神代《かみしろ》はライアに頰を引っぱたかれた。

「勇者になるんじゃないんですか？　あなたの決意は偽物《にせもの》だったんですか？」

ライアは涙をぬぐうと走り去っていった。

神代《かみしろ》は叩《たた》かれた頰を押さえて立ちつくす。

「……これで満足か？」

神代《かみしろ》は周囲の酔っ払いを見やったが、誰も視線を合わさなかった。

＊

「それでは小僧の健闘を願って！」

「試験は来月もある」

《残念会の準備してるね》

朝だった。神代《かみしろ》はクレイとともに試験会場に向かうところだった。

二人と一匹が見送ってくれているが、ライアの姿はなかった。

「…………」

神代《かみしろ》はとぼとぼと樹海迷宮に向かう。

神代《かみしろ》の態度にベスたちはひそひそと顔を見合わせている。

自分は少し甘く考えていた。これは自分だけでなくクレイにもリスクがある。確かに前の夜に酒を呑んでいる場合じゃなかった。

あの涙を思いだすたびに胸が痛い。

クレイと一緒に試験会場に向かうと、背後からブーンと羽音が聞こえた。

《えへへ、ちょっと手伝ってあげようかな》

ベスがへらへらとしている。元気のない神代《かみしろ》を気遣ったのだろうか。

「妖精の持ち込みはいいんだっけ？」

「基本的に禁止事項はないんです」

「じゃあ、ミゼットとか傭兵《ようへい》をいっぱい連れて行ってもいいのか？」

「はい。傭兵《ようへい》を雇えるコネやお金を持ってるというのも評価になります」

「そっか、やっぱり金か」

貧乏な神代《かみしろ》はスタート地点から違うのだ。

《大丈夫だって。召喚者はいろいろな能力があるんだから》

神代《かみしろ》はベスを肩に乗せて、冒険者たちでにぎわう道を進む。クレイは昨日のうちに装備を整えたらしく、布製のザックなどを背負っている。

樹海迷宮の入り口付近にはギルドの係員が立っていた。

スタート時刻は自由で、すでに大半の受験者が中に入っていったようだ。

中に入る前に簡単な所持品チェックなどが行われる。

「行ってこい。迷って脱落したくなったらこれを燃やせ。ただし深層にいると無駄だ」

係員が折りたたんだ紙を渡してきた。中には鉄粉のようなものが入っていた。燃やすと色のついた煙が出るらしい。

「合格は銀貨五枚分だ」

神代《かみしろ》はうなずき、樹海迷宮に足を踏み入れた。

整備された森の中といった感じだった。植生が豊かで木漏れ日が優しい。ひんやりとした空気がとても気持ちいい。

「浅層はこんな感じです。人の出入りがありますからね」

「銀貨五枚分か」

銀貨一枚の価値を日本円に置き換えると五千円ぐらいだろうか。銅貨は街のレートによって違い、二、三十枚で銀貨一枚となる。

大人が一日肉体労働をして銀貨一枚をもらえればいいほうだ。

その五日分を稼がねばならない。

「こういったハーブも換金できるよな」

神代《かみしろ》は足元に生えるハーブを指さす。

「麻袋いっぱい運んで銅貨一枚ぐらいですから割に合いません」

荷物になるだけだ。となるとやはり樹海深層か。

「迷宮っていうくらいだから迷うのかな」

「マッピングできてない場所は迷宮としているだけですけどね」

歩きながらクレイと話し合う。やはり目指すは小さく高額なもの。金属や香木、薬品に使う特殊な薬草やキノコなど。

「一番いいのは樹海トラとか肉食獣の素材だよな」

《やめたほうがいいよ。樹海では勝てないから》

ベスが忠告するが神代《かみしろ》は決意していた。合格の銀貨五枚というのは最低ラインだ。もっと稼げば高い冒険者ランクから始められるのだ。

……それしかない。あの管理人さんの失望を返上するのだ。

「まずは地道に行きましょう。中層部あたりを探索するんです。川を見つけたらそこをベースに周辺を探しましょう。香木や金属があるはずです。あと、飛べない鳥がいるんですが、その羽は結構価値がありますし、当面の食料にもなります」

「難しいのは換金率だな」

採集物資の換金率はその日によって変動する。なのでギリギリではまずい。さらに香木や金属も似ているようで価値が違うものがある。鑑定能力も求められるのだ。

進んでいくうちに方向感覚を失っていく。起伏が激しく同じような景色が続いている。

「いちおう磁石がありますが」

「クレイに任せるよ」

前の世界で山歩きをしたことはあったが、さすがに難易度が違いすぎる。

「しっかし、採集に適したものがあまりないな」

もっと山菜や木の実があるものだと思っていた。

《季節が違うからねえ。それにこの辺は食べられるものが少ないエリアだから、試験会場になっているらしいよ》

迷宮探索での恩恵の少ないエリアだからこそ未開発なのだ。リスクもない代わりにリターンも小さい場所。それから神代《かみしろ》たちは周辺を探したが金目のものは見つからない。そのまま迷宮の奥へと足を踏み入れる。

日が暮れ始めても、集まったのは安価な薬草程度だった。

《これじゃあ駄目だねえ》

「でも、キノコを見つけた。木の幹に生えるキノコはだいたい食える説があるからな」

晩ご飯を集めるので精いっぱいだ。クレイはひしゃげた空き缶のような鍋を用意していたので、そこにキノコやハーブ、干し肉の破片などを入れてスープを作る。

作ったスープに硬いパンを浸しながら二人で食べる。

「なんかキャンプに来たみたいで楽しいな」

《でた、貧相な食事に前向きなタイプ》

「でも、神代《かみしろ》さんが楽しそうなのはうれしいです」

隣に座るクレイがくすっと笑う。勇者伝説では、勇者は魔王討伐の旅でミゼットの従者を引き連れ旅をしていたらしい。

そしてクレイは勇者の従者を目指して街に出てきたのだ。

「頑張ろうな」

「はい。僕に任せてください……」

日中の疲れが出たのか、クレイがうとうとしている。神代《かみしろ》はクレイの体を支えてやりながら、木の幹に寄りかかる。

小さな焚火《たきび》を眺めながら思う。東京では何の目的もなく焚火《たきび》をやっていたことを思いだす。

バーベキューでもなくキャンプでもなく、ただ暇だったからだ。あの時代は金もなくただ無駄な時間が流れているだけだった……。

焚火《たきび》が揺らめいた。

「……ん？」

神代《かみしろ》に妙な感覚が発生した。自分の中の何かが警告するような感覚。周辺を漂う粒子のようなものがピリピリとしているかのような……。

「なあ、何か変な雰囲気じゃないか？」

神代《かみしろ》は木の幹の甲虫と戦っていたベスに向く。

《いや別に》

「なんか妙な感じがするんだけど」

《あのねえ、私は魔力の結晶のような存在であって、何か変なことがあったら気づくよ》

「そうなのか？」

《魔力は君の世界でいうと物質化した情報。情報は常に連動しており、何か異変があれば波のように感知することができる。私はそんな情報の結晶なんだよ》

ベスが頼りになる。暇つぶしではなく、戦力としてついてきてくれたのだろうか。

「でも、ちょっと心配になったから周囲を見てこよう」

神代《かみしろ》は眠っているクレイを抱きかかえると立ち上がった。そのまま妖精を灯《あか》り代わりにして周囲を見回ることにする。

夜の森は静かだ。集中すると木々の揺らぎを感じる。

情報というか魔力が乱れたような感覚があった。

さらに進むとむわっと不快な臭いがした。

「……うわあ」

血まみれのミゼットが倒れていた。よく見ると一人だけではない。木の陰などに明らかな死体が……。

「触っちゃ駄目です」

目を覚ましたクレイが神代《かみしろ》から降り、死体を調べ始める。

「傷が新しいです。何者かがこのパーティーを襲いましたね」

「何者かって？」

ざっくりと裂けた傷、初めて見る死体に体がぐらりと揺れる。

「なにが情報の結晶だ」

《いや、都会生活が長かったから》

ベスはばつが悪そうに頭をかく。

「襲撃で誰かが逃げましたね。それを追っています」

クレイが死体の並びを確認している。そのうちにすっと顔が青ざめた。

「荷物をまとめましょう。逃げますよ」

クレイがベースキャンプに引き返していく。

「なんだ？」

「死体がまったく食べられてません。おそらく魔獣です」

魔獣もしくは魔物ということだ。魔獣とは肉食獣とも違う魔法生物の総称だ。動力は魔力で獲物を食べる必要はない。ただ敵を殺すためだけに作られた魔法生物。戦いのために創造された殺戮《さつりく》者……。

ベースに戻ったクレイが荷物をまとめ、焚火《たきび》に砂をかけた。

「引き返します。早く報告しないと」

神代《かみしろ》もうなずき用意する。確かにこれは試験どころじゃない。

《ねえ、ちょっとやばいっていうか……》

「なんだよ、お前のセンサーは鈍ってるんだろ」

《いや、見えるんだけど》

振り返ると、闇の中にいくつもの赤い光点が見えた。それは魔物の眼光だ。

「ワンダリングハウンドです」

クレイの額に汗が流れた。

「逃げるぞ！」

神代《かみしろ》は強引にクレイを引っ張り走りだす。同時に赤い光点が動いた。殺戮《さつりく》兵器のターゲットにされてしまった。

背後のうなり声に威嚇されながら、神代《かみしろ》とクレイは木々の間を縫って走る。ワンダリングハウンドは統制の取れた動きを見せる。陣形を組み威嚇しながらターゲットを追いかけていく。

追われながら神代《かみしろ》は思った。魔物の群れは本気を出せば追いつけるはずなのにそうしない。動きはまるで神代《かみしろ》たちをどこかに追いつめているような……。

「行くな、クレイ!」

神代《かみしろ》が叫んだときには遅かった。先を走っていたクレイが吹っ飛んだ。

木の陰から突進してきたワンダリングハウンドに食いつかれた。

「うあああああ!」

恐怖にくじけそうになりながらも神代《かみしろ》は叫ぶ。そして剣を抜いた。

逃げるわけにはいかない。こんなぼろい剣しかないがそれでも——。

月明かりに剣がぎらっと光った。

妙なことが起こった。魔物たちが一瞬だけたじろいだのだ。その隙をついて神代《かみしろ》はクレイに襲い掛かった魔物を剣で殴りつける。

電気が走ったかのように魔物が飛びのく。森に咆哮《ほうこう》が響いた。

一瞬にしてワンダリングハウンドの陣形が崩壊した。統制された情報が乱れている。整った魔力に異物が混ざったのだ。

神代《かみしろ》はクレイを抱きかかえ、やみくもに剣を振りながら走る。「ギャウン」と背後で魔物同士が衝突する。獲物を追いつめるうなり声のソナーはかき乱れていた。

《前、危ない！》

頭上を飛んでいたベスが叫ぶ。前？　何が危ないんだ？

考える暇なく、神代《かみしろ》は横からワンダリングハウンドに飛び掛かられた。反射的に剣でガードすると、剣ごと嚙《か》みつかれる。

ガチカチと暴力的な音がする。神代《かみしろ》は首筋のほんのわずか横でその音を聞いた。

《だから、前！》

足が空転した。

ぐらっとバランスを崩したまま、神代《かみしろ》は落下する——。

＊

《こっちにあった》

神代《かみしろ》はクレイを担《かつ》いだまま、バシャバシャと川を歩いていた。

ベスが指さす方向を見ると、淀みに灰色の狼《おおかみ》のような死骸があった。これがワンダリングハウンドという魔獣だ。昨夜はこんな巨大なものに追いかけられていたというのか。

《死骸に手を出さないほうがいいよ。匂いをたどられるから》

素材として有効だが、残存する魔力をたどって仲間を呼び寄せることになるらしい。

「どっちにしろ、素材回収の暇はないですね」

クレイが岩に座っている。噛《か》みつかれた足を怪我《けが》していた。

崖のような斜面から落ちた神代《かみしろ》だが、偶然にもワンダリングハウンドがクッションとなり、そのまま川に転落したのだ。川は急な流れで、こうして態勢を立て直したときにはもう朝日が昇っていた。

気丈にしてるがクレイは辛《つら》そうだ。出発前にクレイが薬を買っていたが、それも流れてしまった。とりあえずはいていたズボンを脱がせて、布で足の傷を巻いて応急処置をする。

「……ん？」

「いえ、なんでも」

クレイの顔が少し赤い。熱も出ているかもしれなかった。

《見つけてきたよ》

ベスがパタパタと戻ってくる。持っていたのはべこべこにへこんだ鍋だ。

「よくやった。この調子で物資を回収していけばなんとかなるかも」

神代《かみしろ》はクレイを抱きかかえて歩きだす。

「あの、自分で歩けますので」

「いや、結構岩がごつごつしてるからさ」

歩きながら考える。まずはワンダリングハウンド。まだ群れが崖を迂回《うかい》して襲ってくる可能性がある。あれは肉食獣ではなく機械だ。あの殺戮《さつりく》兵器はターゲットから照準を外さない。

《あ、短剣を見つけた》

川の淀《よど》みにクレイの短剣が落ちている。

「やった、俺の剣もあった」

川底から銅の剣を拾い上げて確認する。折れてはいない。

「魔物は俺の剣にビビってたな。意外に名剣なのかも」

《魔物がビビるのは、魔王を斬った聖剣ぐらいのものよ》

「ていうかこの剣で斬ったことないよな。管理人さんやニートが包丁代わりにして怪我《けが》したことがあったぐらいだ」

ということは神代《かみしろ》自身の気迫が魔物を退けたのだろう。

「あっ、盾があります」

クレイが指をさす。川底でギラギラと光っているのは銀色の盾だ。

「よかったなあ」

神代《かみしろ》は盾を拾い上げながら首をかしげる。自分たちは盾を持っていたか？

《ねえねえ、鎧《よろい》を見つけたよ》

先を飛んでいたベスが声をあげたので、神代《かみしろ》とクレイは顔を見合わせる。神代《かみしろ》は鎧《よろい》を持っておらず、クレイの革の胸当てはまだ装着している。

《こっちにはブーツ》

神代《かみしろ》は落ちている防具を拾っていく。鎧《よろい》もブーツも新品の革製だ。

「もしかしたら女神様の加護かも。俺たちに防具をくれたんだ」

「そんなわけないと思いますけどねぇ」

《こっちにシャツが引っかかってる》

確かに岩にシャツらしきものがある。さらにベスが何かを見つけたようだ。

「どうした、ベス？　他になんか衣類があったか？」

《パンツを見つけた》

「パンツ？　……へぇ」

思わずにやっと笑ってしまい、抱えていたクレイに睨《にら》まれてしまう。

「てか、女性ものとは限らないよな」

バシャバシャと川を歩きながらベスへと向かう。

《いや、女の子のものだねぇ》

「よくわかったな。さすが妖精だ……って、おい！」

神代《かみしろ》は目を見張った。確かに落ちていたのは女性もののショーツだ。

――それも中身入り。

＊

「私は受験者なの」

銀髪の女性がじっと焚火《たきび》を見つめている。

川で気を失っていた彼女は、クレイの介護もあって先ほど目を覚ました。

彼女は神代《かみしろ》と同じように、ワンダリングハウンドから逃げて川に落ちたらしい。そして溺れそうになったために必死で装備を脱いだという。

ちらっと見ただけで装備が高価なのが見て取れた。樹海用の革の鎧《よろい》は新品だ。マントは植物の繊維を利用したもので、剣はすらっとした長剣だ。

ただし彼女もほとんどの荷物は失い、食料も持っていなかった。

「ミゼットも七人連れていたけど、モンスターに襲われた。人間の傭兵《ようへい》も雇ってたけど逃げちゃった。でも、モンスターは逃げたほうを追って、私は崖を滑り落ちるようにしてここに」

それだけ雇えたということは、金持ちのお嬢さんなのだろうか。

「私は……シスって呼んで。あなたたちは？」

「俺は神代湊《かみしろみなと》。こっちはミゼットのクレイ。そしてベス」

「もしかして召喚者？」

シスは目を丸くしたあと、ぱあっと笑顔になる。

「ということはこの迷宮の調査員？　もしかしたら勇者とか！」

「勇者は目指してるんだけど……」

「よかったあ。これで一安心ね。妖精さんを連れてるから勇者じゃないかって思ってたの」

とても心苦しかった。二人と一匹は顔を見合わせ、クレイが真実を言うことにした。

「……ということで、僕らも受験者なのです」

クレイの説明を聞いたシスは愕然《がくぜん》としている。

「そんなのあり？　だって召喚者ってエリートばかりじゃない。それなのにたまたま会った召喚者がこれだったの……」

シスはそのうち泣きはじめる。そしてしばらく泣き続け「お腹《なか》がすいた」とじたばたしている。……なんかこの女、めちゃくちゃだ。

神代《かみしろ》はため息をつきながらも持ち物を確認する。やはり武器はあるが食料はない。

「戻ることはできないですよね。このまま川を下って迂回《うかい》しないと」

クレイの足の怪我《けが》もある。

「まあ、ガイドはこの情報の結晶体がいるから大丈夫だろ」

《任せなさい》

ベスが胸を張っている。魔物の追跡は振り切ったのであとは帰るだけだ。空腹は問題だが、川沿いを歩けば何かが手に入るはずだ。

神代《かみしろ》はすすり泣くシスに笑いかける。

「君に勇者に助けられた女の子の称号を与える」

「え？」

「確かに俺は冒険者でもないし、この迷宮で迷っている。でも、光り輝くゴールは見えている。必ず俺は勇者というゴールにたどりつくのだから」

シスが驚いたように顔を上げた。

「すごい自信」

神代《かみしろ》は管理人さんの顔を思いだした。あの人は神代《かみしろ》を信じてくれている。だからこそ、真の勇者は夢ではなくただの目標なのだ。

「少し寝たら、移動しよう」

「……はい」

シスは頬を赤らめうなずいた。

そして三人と一匹は、日の出と同時に樹海迷宮脱出を目指す。

……そして三日後。

神代《かみしろ》たちは未《いま》だに樹海迷宮で迷っていた。

「なんなの！」

シスが憤慨している。

「あの自信はなんだったのよ」

「いや、ガイドの不備があって」

神代《かみしろ》は肩にしがみつくベスを見た。なんだかベスの光量が落ちている。

《飛びすぎると魔力を消費しちゃうんだよね》

魔力の結晶なのだ。つまり魔力を使いきると消失してしまう。ベスがリズラザと一緒にいたのは、エルフは魔力が多くわけてもらえるかららしい。

「ザリガニみたいなのがいればいいんだけどな」

《そういうの、いないねえ》

体に力が入らない。このままでは死ぬ……。

「怪我《けが》をした僕は置いていってください。足手まといになりたくありません」

岩場にへたり込むクレイが言った。

神代《かみしろ》はクレイに近づくと、指で頭を突いた。

「こいつう、かっこいいこと言いやがって」

「えへへ……。一度言ってみたかったんです」

「やめて！　このままだと本当に私たちは死ぬのよ」

シスが声を荒らげたので、神代《かみしろ》はむっとした。

「だったら自分でなんとかするべきだろ」

「私の能力は戦闘だもの。マッピングではないの」

……私の能力？　神代《かみしろ》はそんなワードに引っかかった。

「喧嘩《けんか》をしても意味がないです」

クレイが割って入る。確かにそうだ。こんなところで喧嘩《けんか》をしても意味がない。

神代《かみしろ》たちは気持ちを落ち着けるために、しばらく休憩することにした。

「……ごめん、ちょっと声が大きすぎた」

反省したらしいシスが言った。

「なあ、そういえば私の能力って言ってたけど、そんなのがあるのか？」

「召喚者なのにそんなことも知らないの？」

シスは驚いている。召喚されてからそのような説明はなかった。

「基本的にこの世界の人たちは魔力の恩恵を受けている。そして魔法のベクトルは基本的に六つに分かれるの。まずは知能と肉体のベクトル」

魔力が知能や肉体に影響する。ただお互い相反するベクトルであり、どちらかが強化されるらしい。

そして内部か外部かのベクトル。それは魔法の影響する方向だ。内側に向かうと乗り物や複雑な武器などを操作できる。外側に向かうとレーダーのように周囲の情報を解析できる。

「そして破壊と治癒のベクトル。魔法が破壊に向かうか、修復に向かうか」

六つの方向があるということだ。

「たとえばミゼットは、内部情報の管理が得意。それは複雑な武器を使ったり乗り物を乗りこなしたりってね」

確かにクレイはカーゴの操作が得意だった。

「君は？」

「私は魔力によって肉体が強化され外側に破壊が向かう感じ」

きょとんとしているとベスが耳打ちする。

《君にわかりやすく言うと、魔法戦士みたいな感じかねえ。でも、この人は血統がいいのかも。魔法戦士タイプなんてなかなかいないからね》

確かに高貴な雰囲気がある。

「神代《かみしろ》さんはあんな崖から落ちて怪我をしなかったし僕を運んでくれたし、肉体的な強化もあるんじゃないですか」

クレイが言う。確かにその恩恵はありそうだ。

《この世界のすべては魔力の恩恵を受けている。そして多大な恩恵を受けた存在こそ勇者と呼

ばれる》

勇者は六つすべての魔力が高い水準にあるらしい。

「聖遺物なんだけど水晶があるの。それに手をかざして色で能力の方向を知るの」

「そういや、召喚されてそんなことをやったな」

《で、どうだったの？》

「すごいうっすらとしてたなあ」

《あー、魔力が低い証拠だ、それ》

「でも、なんか綺麗《きれい》な虹色だったけど」

あからさまにがっかりとしていたシスが顔を上げた。

「それって勇者能力じゃない？　六系統のバランスがいいタイプ」

《六系統がバランスよく……低い》

ベスがくくっと笑っている。

「でも、勇者はバランスが必要なんだろ」

勇者とはひとりでなんでもこなさねばならないのだ。

「もしかして、あの十三番目の勇者ってあなた？」

シスの言葉に神代《かみしろ》は苦い顔をした。十三番目の勇者とは神代《かみしろ》の蔑称だ。

勇者を帝国が厳格に管理しているため、十二の軍団に一人配属される。それゆえに人数は十二人と決まっている。つまり十三番目とは、勇者になれない神代《かみしろ》への皮肉なのだ。

しかし、その蔑称をシスのような女の子まで知っているとは……。

「召喚者学校をやめる人は少ないから、噂《うわさ》になってただけ」

神代《かみしろ》の表情で察したシスはそうフォローした。

「それに勇者の資格を満たしているのは本当かも。妖精さんになつかれてるし、ミゼットと仲のいい人間って珍しい」

「そうなのか？　ミゼットって人間と仲悪いの？」

「なんていうか、ちょっと人間をだますことが多いっていうか」

「クレイはだまされる側だからな。かわいそうに」

神代《かみしろ》は複雑な表情のクレイの頭をなでた。

《あと、別にお前になついてないからな。こうしている間にも灯《あか》り代金がたまってるから》

「それ、管理人さんに怒られただろうが」

ライアとの別れがあの涙だったことを思いだす。このまま会えないのは絶対に嫌だ。

「とにかくこの状況をなんとかしないとな」

クレイの怪我《けが》もあり、冒険者免許は二の次だ。

「君が頑張ればいいのよ」

立ち上がったシスを、神代《かみしろ》とクレイはぽかんと見つめる。

「だって、すべての能力を持っているんだよ。たとえば、外部情報を管理して敵を感知したり、頭の中で立体地図を構成することだってできるのよ」

《すべてを低く持ってるんだけどね》

ベスはこのネタを気に入ったらしい。

「でも、俺は魔法なんて使えない。学校でも教えてくれなかった」

魔力の操作や戦い方はもちろん、世界の情報すら教えてくれなかったのだ。

「大丈夫、私が教えてあげる。魔法については適切な教育を受けたから」

シスは自信ありげだ。そして迷宮脱出は神代《かみしろ》が背負うことになってしまった。

《だけどさあ、残念だけど脱出まで持たないと思うよ。どんなに頑張っても三日はかかる。もう三日も食べてないし、さらに三日なんて無理だよ》

ベスが耳打ちする。それはとても冷静で冷酷な情報だった。

基本的に妖精は感情の希薄な情報物質なのだ。

それでも戻りたい。管理人さんのもとに帰るにはなんだってやってみせる。もしも切羽詰まったら選択の余地はない……。

神代《かみしろ》はそう決意し、シスをちらりと見た。

そして、さらに三日後。

「……なんか見たとがある場所です」

クレイが声を上げた。ついに迷宮の浅層に戻ったのだ。

《ここまで来たら大丈夫。助けを呼んできてあげるね》

ベスは神代《かみしろ》の肩から飛び立っていく。

神代《かみしろ》の頭はくらくらとしていた。これは魔力の使いすぎだ。

ずっとシスとベスに魔力の操作をレクチャーされ、そしていきなり実戦投入されたのだ。嫌でも魔力の操作は憶《おぼ》えてしまった。

基本的に内部に干渉する魔力は意識しなくても使えることが多い。たとえば身体能力を上げたり記憶力を上げたりだ。

難しいのは外部への干渉だ。たとえば炎を作って飛ばして攻撃する、などは長い修業を積まねばできない。

そして今回神代《かみしろ》が使ったのは、レーダーのように魔力を飛ばすことだ。樹海迷宮という外部の情報を管理する能力。それだったら意識してなんとかできるようになった。

＊

樹海の三次元マップを構成し、さらにモンスターや魔物を警戒しながら樹海の出口を探して歩き続けた。それができたのも、腹をなんとか満たしたからだ。

シスのおかげだ。彼女を犠牲にしてここまで生き延びた……。

「よかった、下着まで食べられるかと思った」

シスはしみじみと言った。後ろを歩く彼女の装備はほとんど失われていた。革の鎧《よろい》は大半を失い、マントもボロボロ、ブーツもサンダルのようになっている。

「まさか私の鎧《よろい》を食べるなんて」

「野生のアイスバッファローの皮だったからな。皮に脂肪分が留《た》まってるんだ。普段は硬い石のようになって。それが鎧《よろい》としても食料としても重宝される理由という」

ギルドに通って知ったが、その皮は需要がある。鎧《よろい》に加工するのはもちろんだが、食材としても高額で取引されていた。

「シスさんの鎧《よろい》、おいしかったですねぇ」

「なんか塩っ気があってよかったよな」

斬撃には強いがアイスバッファローの皮は熱に弱い。炙《あぶ》るとすぐにへなへなになったので、剣で細かく切ってお湯の中にぶち込み、さらに拾ってきたハーブなどを入れ料理した。

さらに行軍を続け、シスのブーツや植物由来の繊維を利用したマントも食べた。

ベルトも食べようと思ったが、薬品を塗っていたので駄目だった。革の鎧《よろい》は本来は使い込み

ながら薬品などを塗っていくのだが、シスの鎧《よろい》は新品だった。この冒険者免許を取るためだけに新品をそろえたというのだろうか。

「とにかく戻ってこられたのはシスのおかげだよ。この恩は忘れないからな」

「いや、すぐに忘れて」

シスは胸を隠しながら歩いている。アンダーのシャツは失っていたので半裸状態だった。

「素材を持って帰ればよかったかな」

浅層にたどりついたことで、ワンダリングハウンドの素材を持ち帰らなかったことを後悔してしまう。あれがあれば試験は間違いなく合格だった。

「倒したこと証明してあげようか？」

シスが気を使ってくれるが無駄だろう。神代《かみしろ》と同じ冒険者志望がいくら言ったところで、信ぴょう性がない。

「まあ、とにかく生きて戻れただけで……」

神代《かみしろ》の心臓がドクンと高鳴った。危険察知のセンサーに何かが引っかかった。

この感覚はまさか……。

「走れ！」

叫ぶと同時に、背後から獣のうなり声が聞こえた。

殺戮《さつりく》兵器ともいえる魔物は、一度ターゲットにした獲物を逃さない。

三人は必死で走ったが、距離がどんどんつまっていく。速度が違いすぎる……。

さらに咆哮《ほうこう》。それはターゲットを捕捉したというシグナルだった。

そして突如目の前にモンスターが出現した。ハウンドが牙をぎらつかせて立ちはだかる。

「後ろだ！」

神代《かみしろ》は振り向いて剣をスイングする。シスに飛び掛かろうとしていたハウンドが飛びのく。

前に注意を向けさせ背後から襲撃するという戦略だ。

だが、神代《かみしろ》はよろめいた。もう剣を振る力もない。これでは切りつけたところでダメージなど与えられやしない。

「魔力を使うのよ。力じゃなく、魔力を意識して！」

シスに言われ、神代《かみしろ》は剣に魔力を伝えるイメージをした。

魔物は魔力で動いている。そんな魔力に別の魔力を打ち込むのだ。

「あぁっ」

逃げていたクレイが転んだ。怪我《けが》が未《いま》だに治っていない。

「そこだ！」

神代《かみしろ》はクレイに飛び掛かったハウンドに剣を当てた。

それはまったく力の入らない攻撃だったが、ハウンドは方向感覚を失ったように木の幹に激突した。

「シス！　クレイを連れて逃げろ。こいつらは俺がなんとかする」

「でも……」

「大丈夫だ。ここは俺が食い止める」

これから勇者を目指すのに、目の前の女の子ひとり助けられなかったら権利を失う。

「行け！」

シスがクレイを抱えて走ったと同時に、ハウンドが神代《かみしろ》に襲い掛かる。

絶望的な状態で神代《かみしろ》の魔力が研ぎ澄まされる。襲ってくる軌道が手に取るようにわかる。ハウンドのフェイントも連携も情報として伝わってくる。

恐怖がリミッターを振りきり、神代《かみしろ》の精神は高揚していた。

「やってやる」

精神を保つために神代《かみしろ》は怒りに身をゆだねた。

破壊のイメージをハウンドに剣を介して注《つ》ぎ込《こ》む。ハウンドの毛皮が裂けて血しぶきが舞う。激しい咆哮《ほうこう》はノイズだ。神代《かみしろ》のレーダーを邪魔しようとチャフのように魔力を拡散する。

お互いに血しぶきと残虐な情報をまき散らし戦いが続く。

自分は魔物と戦える。この世界でギフトされた能力があるからだ。

ハウンドがどう動くかがわかる。自分の肉体は強化され素早い動きに対応できる。剣を介して破壊の情報をハウンドへ。これが勇者の能力だ……。

そのとき、ぷつんと何かが切れる感覚があった。

手から剣が落ち、ヒューズがとんだかのように視界が真っ暗になる。体の制御も失った。

魔力切れだ。神代《かみしろ》の少ない魔力がついに底をついた……。

薄れる意識の中、神代《かみしろ》はワンダリングハウンドの咆哮《ほうこう》を聞いた。

＊

『魔王軍との大きな交戦の動きにつき、薬草や武器関連の需要が高まっております』

『西の樹海で樹海アスレチックが開園する予定です。お楽しみに』

『王室情報です。王室の三女のアイシス様の家出の件ですが、鷹《たか》の勇者によりラザロで発見されました。発見当時に着衣の乱れがあったというスキャンダルが発生しております。アイシス様は「食べた」などと発言されているとかいないとか』

夕刊オウムがしゃべっている。

神代《かみしろ》はホームタウンのギルドの前に立っていた。

「さっきからあいつ動かないぞ」

「抜け殻」

神代《かみしろ》の後ろでは、ヴェルグとリズラザがひそひそと話している。

樹海迷宮を脱出してから二日後、神代《かみしろ》は水道橋の街に戻っていた。

《生きてただけもうけものだよ》

ベスが言う。神代《かみしろ》は鷹《たか》の勇者のミサキに助けられたのだ。

彼女がラザロにいる理由はわからなかったが、ベスがミサキを呼ばなかったら、意識を失った神代《かみしろ》は八つ裂きにされていたことだろう。

結局襲ってきたワンダリングハウンドは、すべて彼女が始末したらしい。嫌な女に借りを作ってしまったが、命にはかえられない。とにかく神代《かみしろ》は樹海から脱出を果たしたのだ。

そして四人でメトロなどを乗り継ぎ、先ほど戻ってきたばかりだ。

《もうすぐ通知のハトが届くはずだけどね。もう届いてるのかも》

ベスはリズラザを介して魔力を回復したのか元気になっている。

「…………」

足が動かない。ギルドに入るのをためらってしまう。アパートで待っているだろうライアにどう言えばいいのだろうか。

「結局、見つけられたのは最初に拾った薬草ぐらいなんです」

クレイがため息をつく。いまだにボロボロだがクレイもどうにか回復した。

「早くアパートに帰るぞ。残念会の準備をしなきゃならんし」

ヴェルグはラザロで買ってきた酒を大切そうに抱えている。

「迷ってても結果は変わらない」

《そうそう。だからさっさと確認してきな》

リズラザもベスもいつもよりほんの少しだけ優しかった。しかし、その優しさが苦しい。

「薬草の需要が高まったって、さっきの夕刊で言ってましたから希望はありますよ」

クレイが希望的なことを言うが、トラック一台分の薬草を集めたところで銀貨数枚程度にしかならないのだ。

「いや、このまま帰ろう」

神代《かみしろ》はギルドに背を向ける。

「いくじなし」

はっと顔を上げると、そこにはライアが立っていた。

「結果から目を逸《そ》らすんですか？　私は結果なんて気にしません。神代《かみしろ》さんが勇者になることは運命で、少しぐらい回り道してもいいのです。……でも、自分の歩いてきた道から目を逸《そ》らしてはいけません」

ライアは神代《かみしろ》たちが帰ってくるのを待っていたのだ。そうだ、せめて胸を張って彼女に報告しよう。

ギルドに向き直ると、入り口にあの受付の女性が立っていた。

「もう報告は来てるわよ」

受付嬢が丸まった紙を投げてくる。ハトが運んできたのだろう。

「合格だったらラザロの花びらが入ってる」

ラザロとは花の名前で、街の名前はそれから来ているらしい。

神代《かみしろ》は意を決して紙を開く。

紙に書かれていたのは――バツマークだった。

「神代《かみしろ》さん、がんばってました」

「きっと誰も悪くなかった」

クレイとリズラザがフォローしてくれるが、それがさらにつらい。

《試験前日に飲んだくれたこいつは明確に悪いと思うけど》

こいつは少しは気を使え。

「ということで、管理人さん……」

恐る恐る見ると、ライアはぽろぽろと涙を流していた。

神代《かみしろ》は驚愕《きょうがく》した。この人、さっきは結果なんて気にしません、とか言ってなかったたか？

泣きわめくライアを前に神代《かみしろ》は立ち尽くす。彼女の涙を止める術を持っていない。

他の三人は微妙に距離を取って目を逸《そ》らしている。こいつら他人のふりをしやがった。

《いいからさっさと謝れよ、のろま。地面にキスをしながら謝るんだ》

ベスが耳打ちしたとき、神代《かみしろ》の目に飛んでくるオウムが見えた。

オウムが旋回しながら降下し、神代《かみしろ》の広げた手に舞い降りる。

尾がピンクに塗られたこのオウムは、ラザロからの電報オウムだ。

『受験者の証言によりワンダリングハウンドを狩ったことを認め、試験の合否を再考した』

受験者の証言？　それはシスのことだろうか。しかし、単なる受験者に過ぎないシスが、いくら言ったところで……。

はらりとピンクの花弁が落ちた。オウムがラザロの花びらをつかんでいたのだ。

……これはどういうことだ？

「おめでとう」

肩を叩《たた》かれ振り向くと、あの受付嬢が笑っていた。

いつも冷たい視線しかくれない彼女にも笑顔の在庫があったのだ。

「冒険者になったんだから、がんばって依頼を受けてね」

やっとギルドに認められた気がして胸が熱くなった。

「祝勝会じゃな」

「やるときはやるって思ってました」

「うん、信じてた」

他人のふりをしていた三人が、いまさら近寄ってくる。

「管理人さん」

向き直ると、ライアは目をごしごしと擦っている。

「はい」

「俺はやりました」

「よかったですね、えへへ。私は神代《かみしろ》さんたちが無事に帰ってきてくれただけでいいのです」

「それ、さっき言ってほしかったです」

合格したことよりも、ライアに笑顔が戻ったことがうれしかった。

勇者になる決意をしたものの、貧乏な生活が立ちはだかった。内職をしたところで、これで魔王を倒せるのかと何回も疑問に思った。抱えていた希望がすり減っていくのを感じた。

それを助けてくれたのはライアだ。彼女の笑顔は真っ暗な場所でさまよう神代《かみしろ》の光だ。

「この世界には召喚者がいっぱいいて、俺の知ってるもののほとんどはこの世界に伝わってる。だらかどうすればいいか迷ってた。そして道を教えてくれたのは管理人さんです」

神代《かみしろ》はライアと向かい合う。

「俺は勇者になりたいと同時に、夢をあきらめない強い気持ちをこの異世界に伝えた最初のひとりになりたい。そのために……これからも俺と一緒にいてください」

「もちろんです。だって私は管理人ですから。そして住人はみんな味方です。みんなで勇者の夢をかなえましょう。ほら、ボンゴレだって喜んでます」

そばの木にはカーゴのボンゴレが繫《つな》がれている。

「連れてきてくれたんですね」

「実は、さっき帰ってきたばかりなのです。カーゴでラザロまではちょっと遠くて帰りも迷ってしまいました。結果発表に立ち会えてよかったです」

「そうなんですか……」

ふと思いだした。神代《かみしろ》や管理人さんもいない状態で、あのニートは大丈夫だろうか。結局二週間近くもアパートを離れてしまったが。

「あれ、何か忘れているような……」

管理人さんが首を傾《かし》げたので、とりあえず神代《かみしろ》は彼女を抱きしめる。

「ちょっと、人が見てますよ」

ライアは恥ずかしそうに顔を赤らめた。

「そんなの関係ない」

神代《かみしろ》はかまわず彼女の体を振り回した。

この成功は目の前の管理人さんのおかげだ。もっとこの喜びを表現したかった。神代《かみしろ》だけじゃなくみんなで喜びを共有したい。

「そうだ、みんなで管理人さんを胴上げしようぜ！」

胴上げを知らなかったみんなに教えてやり、ライアを持ち上げる。「ワイバーンでも狩ったのか？」と驚くギルドの冒険者たちも入り乱れ、ライアの体は宙に舞った。

「なんで私なんですかあ！」

これは勇者への第一歩だ。

そして神代《かみしろ》は、胴上げを異世界に伝えた最初の召喚者となった。

＊

鷹《たか》の勇者ミサキは王都に戻っていた。

新設された教会で、ミサキは女神像を見上げる。

それは女神が微笑《ほほえ》む美しい石像だった。

「修復が終わりましたね」

ドレスを着た銀髪の女性が言う。彼女は王室の三女のアイシスだ。美しく知的な女性だが、性格に難があるのでミサキが警護を受け持っていた。

「女神像も美しく生まれ変わりました」

「でも、偽物《にせもの》です」

ミサキは首を振る。

「そうなの？　前の女神像は心臓に剣を突き刺され、苦悶《くもん》の表情を浮かべていました。趣味が悪いなあって思ってたんです」

「あれは女神そのものでした」

ミサキはギフトされた能力で感じていた。あの女神像は生きていた。つまり女神自体が具現化した存在だったのだ。

「教会に来るたびに、女神の囁《ささや》きが聞こえました。でも、あの石像からは聞こえない」

教会が襲撃を受けて燃やされ、同時に女神も失われた。あれ以来女神の声は聞こえず、さらには召喚者も止まってしまった。

「では、空に戻ったのでしょうか？」

「そうだといいのですが」

この世界の女神は空にいるものなのか。……いや違う。

たとえ魔力の結晶体だとしても、妖精のようにこの世界の物質として存在するはずだ。異世界はあっても天界などは存在しないからだ。

「しかし、厳重な警備の隙をつくとは」

アイシスの表情は厳しい。帝国を憂いている。

「スパイがいるのかもしれません」

王都に魔族側のスパイがいるとしか考えられない。

同時に疑問もあった。女神が消え召喚者も止まってしまったというのに、帝国はそれほどに悲観していない。それはどういうことか。

……女神の利用価値がなくなったとは考えられないか？

すでにこの国には多くの召喚者がいる。これ以上入れても意味がないと。そして近代化する世界に女神という宗教は邪魔だと。

だとしたら内部犯行の可能性も……。

最後の女神の召喚は火事と同時だった。数人が召喚されたが、ほとんどは召喚と同時に焼け死ぬという壮絶なものだった。

女神はなんでその状態で召喚したのか。

……受肉？

こっそりと古代のエルフの書物を目にしたことがある。実体を持たない魔王は受肉をすることができると。その代わりにほとんどの能力は失われるが。

たとえば女神も同じことができたとしたら？

召喚者を呼んだのは受肉をするためだとしたら。そしてその肉体で教会から逃げだした。

未来すら予知する女神は、逃げ場所を用意していたかもしれない。

逃げる場所として予想できるのは――森の中。

木を隠すには森の中。怪しい人間を隠すには――街だ。

「やはり私も力をつけねばなりませんね」

アイシスが決意したようにうなずく。

「だからといって、冒険者になろうとするのはいけませんよ」

ミサキは強めにいさめた。彼女は教会の火事があってから、自らも力をつけねばと冒険者になろうとするなど、問題行動を起こしていた。

運が悪ければ死んでいたと思うと今でもぞっとする。アイシスが生きていたのは本当に偶然なのだ。あの彼がいなければ最悪の事態になっていた。

「もう無茶はしませんよ」

微笑《ほほえ》むアイシスにミサキは苦笑いする。この人の笑顔を見るとうやむやになってしまう。

ミサキはもう一度女神像を見上げた。

美しいが空っぽのこの女神よりも、前の女神像にミサキは——惹《ひ》かれた。

megami na apart
kanrinin
san to hajimeru
isekai yuusha keikaku

4
戦争に行ってみる

水はとても綺麗《きれい》でゆったりと流れていた。

夕方の空には月が二つ浮かんでいる。こうして流れに身をゆだねていると心が洗われる。

「いやー、ここで呑む酒はうまいな」

ヴェルグが水に足をつけながらエールを飲んでいる。

「東京を思いだすなあ。裏に小学校があって、夏の夜はプールに忍び込んでた」

ここは異世界のアパート横の水道橋だった。アパートの横に巨大な樹《き》が生えており、そこから水道橋の上に出られることがわかったのだ。

城下町への生活用水を運ぶ水路なのだが、このあたりだけ石造りの橋がかかっている。上ってみるととてもしっかりとした造りで、流れも緩やかだった。

「バレたら怒られますよ。上流階級エリアの生活用水なのに」

そういうクレイもシャツのまま泳いでいる。

《体に力が入りすぎると沈むんだよ、ほら》

ベスに泳ぎを教わっているのは、リズラザとライアだった。エルフは泳ぎの経験が乏しく、管理人さんはやっと水に浮けるようになったところだ。

「ちゃんとお願いするなら、俺が泳ぎを教えてやってもいいよ」

「死ねとは言わないけど、長く生きないで」

泳ぎが下手なリズラザはイライラしている。布地のワンピースを着たラフな格好だ。

《わー》

ベスが流れてきたので拾ってやる。偉そうに言っていた割にはカナヅチだった。さらに今度はぷかぷかとライアが流れてきた。

「これ以上流されると、グリフィン亭のスープに使われちゃいますよ」

「それは困りますね、えへへ」

くすくす笑うライアを、神代《かみしろ》はそっと受け止めてやった。

神代《かみしろ》は水から上がって水路のへりに腰掛ける。ヴェルグの言うようにここで呑む酒はとてもうまかった。金はなくとも工夫次第でうまい酒が呑める。

しばらくぼんやりとしていると、オウムたちが飛んでくる。

『演習の結果、竜の軍団はついに十連敗』

夕刊の時間だった。神代《かみしろ》はつまみに持ってきていたナッツを砕いてやる。

『王室の三女、アイシス様の婚約が延期との発表です。王室広報はこれから始まる大規模戦闘が理由としていますが、事情通の間では事実上の破綻であるとみられています』

『西のカサンドラ平原にて召集がかかりました。魔王軍との初の大規模な交戦が予想されます。帝国は周辺の住人に避難を呼びかけています』

「ついにか」

魔王との戦争が始まる。今までも小規模な交戦が行われていたが、被害も戦果もなくパフォーマンスのような感じだった。だが、ついに本番がくる。

『今回の交戦について帝国軍広報は楽観的です。異世界の戦略や武器を導入しており、前回の赤い季節の悲劇は起こらないと宣言しています』

夕刊オウムたちがバサバサと飛び立っていった。

「始まりますね」

クレイが隣に座る。シャツを着ているが、少し曲線的なラインがあらわになっている。クレイの足の傷は残っているが、生活には支障がなかった。六号室のニートが献身的に治療をしてくれたのがよかったのかもしれない。

「これから数年は戦争が続くでしょう。そして少しずつでも戦果をあげていけば、冒険者のランクが上がっていきます。勇者に近づきますよ」

クレイはこの世界の乱れをプラスに受け取っているようだ。

確かにそうだ。真の勇者を目指す限り動乱は避けて通れない。

冒険者となったので戦争にも参加できる。神代《かみしろ》のような末端に与えられる任務は、補給や僻《へき》地《ち》の警備などだろうが、まずは一歩を踏み出す必要がある。

この混沌《こんとん》とした世界に必要とされるのが勇者だ。

＊

「てことで、戦争に行くことにしたよ」

次の日の昼下がり、六号室のニートと話していた。なんだか彼女と話していると落ち着く。引きこもりのニートの駄目人間がいると安心する。

「やだ」

ニートが壁越しに駄々をこねている。冒険者試験のときのことを根に持っているのだ。心配した管理人さんまで試験会場に来てしまったからだ。

「しょうがないだろ。名声を上げないと勇者になれないんだから」

「だから、やだ」

「やだじゃないだろ。そうやって子供みたいに駄々をこねてもしょうがないぞ」

「じゃあ言わせてもらうけど、この前のように引きこもりの隣人を二週間もほったらかしにして飢えさせるのは倫理的にどうでしょうか。もしも私が飢え死にしたら勇者を目指すにあたって大きなマイナスとなるはず」

……こいつ、普通にしゃべれるのか。

「だからさ、お前が引きこもりをやめればいいだけなんだ」

「論点が違う。私が引きこもりなのと、私のご飯の用意をしてほしいというのは別問題なのだから」

「こいつ、めんどくさいな。もっと可愛《かわい》げがあったらなんとかしてやりたいけど」

「捨てないで。行かないでぇ」

ニートが意外に可愛《かわい》い声を出した。

「ペット的な感じだったら、世話する責任感が出るんだが」

「ワンワン、ご主人様！」

そんなことを言ったあと、壁の向こう側でジタバタ暴れる音がした。飢えの恐怖と羞恥心が激しく争っているようだ。

「もー、静かにしてくださいよお」

神代《かみしろ》の部屋で内職をしているクレイが言った。ちゃぶ台の上にはベスもいる。

「隣の住人をペット扱いするなんて違うと思いますよ」

「確かにこんなことをしている場合じゃなかった」

クレイと一緒に矢を作る内職をしていたのだ。さっさと作らないと納期に間に合わない。大規模交戦が近いので需要があるのだ。

「それにしても、大規模交戦っておかしいよな」

今回はここで戦いましょう、みたいなことがまかり通るのか。

「今はお互いに情報が筒抜けで、それしかないという話も聞きますね」

《スクープを狙うオウムやインコが多いのと、お互いにスパイを送り込みすぎて身動きが取れないらしいよ》

ベスはだらしなく寝っ転がりながら果実酒をなめている。

「なんか不自然なんだよなあ。被害も出ないまま言い訳のように戦ってるっていうか」

《談合かもね、談合》

前の世界では政治的な談合はよくあったが、こっちの戦争にもあるのか。

《戦争があるとお金が動くから、帝国もそれをよしとしているとか》

「でも、魔王を倒さないとやばいだろ」

「魔王はいない」

その声に神代《かみしろ》は首をかしげる。

「なんかワンちゃんが言ってますよ」

クレイが壁の穴を指さす。ニートの声だった。

「復活っていうか誕生したのは確かだろ。だからこそ魔獣が発生してるわけだし。その元凶をまず倒さないと」

「違う。魔王は魔物を倒すシステムでもあるの。魔王を斬った勇者の剣には血とともに魔力が付与される。その魔力は魔物に強く、魔王を倒した勇者はその剣を持って残党をせん滅していくことになる。それがこの世界で何回も繰り返された」

「へえ、じゃあ魔物たちにとって魔王は弱点でもあるのか」

「じゃあ、魔王サイドの人たちで魔王を裏切って閉じ込めるとか、殺しちゃうとかすればいいんじゃないですか？」

《それはこの世界のルールに反しているからねえ。魔王も女神も言ってみれば世界を混沌《こんとん》に導く存在だけど、混沌《こんとん》によって情報というか魔力が進化する。必要なことなんだよね》

「お前はたまに真面目だな」

《私は真面目に羽がはえたようなものだから》

そんなことを話していると、クレイがいきなり立ち上がった。

「あっ、大通りに帝国軍が」

神代《かみしろ》もがばっと立ち上がる。二人とベスは急いでアパートから出ると大通りに走る。

大通りにはきらびやかな鎧《よろい》姿の騎兵が走っている。十二の軍団を束ねる帝国の正規軍だ。

彼らも戦場に向かうのだ。

「わー！」

子供たちが馬を追いかけている。そんな子供たちに騎士たちが何かを投げている。

「拾いに行きますよ！」

クレイが走る。騎士が投げているのはお菓子だった。

神代《かみしろ》は子供たちと一緒に走り、葉っぱに包まれたお菓子に飛びつく。だが遠慮のない子供たちに体当たりされすっころんだ。

「くそっ」

帝国軍の騎兵たちが子供たちを引き連れて走り去ってしまう。

「こっちも駄目でした」

クレイがしょぼんと戻ってくるなか、神代《かみしろ》は道のわきに立つリズラザを見た。

「……こいつ、しれっと出てきやがって」

ちょうどリズラザの場所にお菓子が投げられたようだ。

「みんなでわけような」

だが、リズラザはお菓子をぎゅーっと握りしめて離さない。

「てめえ、離せよ」

「やめてください！」

はっと振り向くと、そこにはライアが立っていた。

声を荒らげた彼女だが、すぐに悲しい顔をしながらとても重いため息をついたのだ。

「帝国軍はこれから魔物たちとの戦いに赴くのですよ。それはとても覚悟のいることです。私たちにできるのは純真な気持ちで見送ることなのです」

やっぱりこの人は汚れない存在だ。

「そして戦地には冒険者たちが集まるはずです。お金を稼ぐ理由もあるでしょう。でも、ほとんどの人たちはこの世界を守ろうという意思があるはずです。そうです、この世界で重要なのはお金のような物質ではなく心なのです」

「……そうだ、こんなことをしている場合じゃなかった」

神代《かみしろ》はライアの言葉に我に返った。自分は勇者を目指す純粋な気持ちがある。

「よし、俺たちも準備をするか」

真の勇者になるためには、この世界の住人を守らねばならない。

しかしクレイは浮かない顔をしている。

「ところがですね、先立つものがないのです」

聞くところによると、戦場となる西のカサンドラ平原は相当に遠いらしい。馬車やメトロを乗り継がなければならず金も時間もかかるという。気持ちだけではどうにもならないのだ。

思えばせっかく冒険者となったのに、暮らしはまったくよくならなかった。日々の生活で精いっぱいだった。そんなことを考えながらアパートに戻ると、一階の厩舎《きゅうしゃ》でヴェルグがカーゴのボンゴレに荷物を積んでいた。

「俺たちのボンゴレをどうするんだ？」

「ドワーフ組合で武器を売りにいくことになったんじゃ。だからこのカーゴを借りるぞい」

ヴェルグも行くつもりなのだ。やはりこの国のために戦うのか……。

「本当に儲《もう》かるのは、戦う側より武器を売る側じゃ。この街の迷宮でゴールドラッシュが起こったときも、道具を売る側が儲《もう》かったからのう」

ドワーフの汚い笑い顔に神代《かみしろ》はげんなりする。

「まあ、武器を売るのも戦いには必要ですからねえ」

ため息をつくクレイの横で神代《かみしろ》は思いついた。そうだ、せっかくなのでドワーフたちにまぎれていってしまえばいい。

さっそく神代《かみしろ》たちは旅の準備をする。といっても荷物は少ないのですぐにすむ。

神代《かみしろ》とクレイは、ヴェルグの荷物を運ぶのを手伝いながら駅に向かう。ドワーフ組合でキャラバンを組んで戦場まで行くらしい。

確かに駅には馬車やカーゴが集まっていた。クレイに目配せをして馬車に乗り込もうとした神代《かみしろ》だったが、あっさりとつまみ出されてしまった。

「お前たちは、あとで追いついてこい」

ヴェルグが平然と言い、キャラバンが出発してしまう。

「……くそ、あの守銭奴どもめ」

取り残された神代《かみしろ》は悪態をついたがどうにもならない。

少しばかりの金はあるが、これでは途中で立ち往生してしまう。

神代《かみしろ》とクレイは戦場へ向かう冒険者たちの流れの中で立ちつくす。

「なんとかなりますよ」

振り向くとライアがいた。一片の曇りもない純白のワンピース姿で微笑《ほほえ》んでいる。

「だって、これは真の勇者への旅であり、誰にも邪魔されることはありません。それは川が海に流れるようにとても自然なことなのです」

なんて綺麗《きれい》に微笑《ほほえ》むのだろうか。まるで女神の導きがあることを知っているかのようだ。

「ということで、私に任せてください」

ライアが大きな包みを見せた。中に入っていたのは……葉っぱに包まれた弁当だ。

「管理人さん、ありがとうございます。……ん？」

弁当があまりにも多い。とてもじゃないが二人では食べきれない。

「馬車に乗る冒険者たちに売りますよ。こういったときに稼げるのは、戦うよりも物資を売る側です」

＊

「……で、なんで馬車に乗ってるんですか？」

弁当を売り切った神代《かみしろ》は馬車に乗れたが、横にはライアも座っている。

「意外に売れたので、もしかしたらもっと稼げるかもしれないと……いえ、私も神代《かみしろ》さんたちのお手伝いをできればって。……えへへ」

純真な笑みに異物が混じっている。貧乏生活で汚れてしまったのかもしれない。

「ていうか、お前らも」

さらにリズラザとベスもいる。

「アパートの備蓄米はなくなった。前に進むしかない」

かっこいいことを言っているが、飯目当てでついてきたのだ。それにしても、相変わらずパーカーだけを羽織った無防備なエルフを外に連れだしていいものか。こうして馬車に座っていても、ちらちらと危険な場所が見えるような気がする。

《私はこういった旅は好きだけどな。あっちの世界も君は旅をしたの？》

ベスは好奇心の塊だ。

「思いだすなあ。青春18きっぷでなんとなく北のほうに行ったんだよな」

何を見たかったわけでもなく、ただ時間を持て余していたからだ。金もないので駅弁も買えずに、ただ電車に乗って進んでいた。

旅をしても何も変わらなかった。鈍行で北に行ったことよりも、スタバでフラペチーノ飲んだときのほうが感動があった。だけど今回は純真な目的のある旅だ。

「それにしても狭いな」

客車ではなく運搬車両に安く乗ったので他に客はいないが狭い。四人と一匹は身を寄せ合うようにしていた。景色が見やすいのだけが救いだ。

「ほら、コロッセオが見えますよ」

ライアがワンピースをはためかせながら指をさしている。

「うん、いい景色」

リズラザも座席に両膝をついて外を眺めている。

そんな二人の女性に挟まれた神代《かみしろ》はどぎまぎとした。

「確かにいい景色だ……え、なんで？」

にやにやとしているとクレイに頬をはたかれてしまった。

「なんかむかついたからです」

「でも、クレイは男の子だろ」

「……これから戦いに行くのにへらへらしちゃ駄目ってことです」

《絶対に負けられない戦いがそこにある》

ベスがキャッチフレーズのようなセリフを言った。

「いや、確かに絶対に負けられなさすぎだよな、この世界では」

神代《かみしろ》は流れる車窓に目をやった。この世界に来て間もないが、美しいこの風景を守らねばと思った。そのためには……。

「……やっぱり金か」

神代《かみしろ》たちは乗り換えの駅で降りると、食材を探していた。

冒険者たちに売る食事のためだ。勇者への道は遠い。まずは馬車賃と宿代を稼がねばならない。炊事道具と少ないながら調味料は持ってきていた。あとは食材だ。食材は現地調達するしかなかった。

幸いにして街の周囲の植生は多様だ。さっそくみんなで採集を始める。

「あっ、これは水道橋の街でも食べました。お浸しにしておいしかったです」

ライアは白いワンピースという草探しにそぐわない格好だ。

「綺麗《きれい》な花があります。持って帰りたいですね」

さらにライアは真っ赤な花を摘んでいる。

「じゃあ、この花畑に差しておきましょうか。もしかしたら繁殖するかも」

神代《かみしろ》はリズラザの頭に花を差し込んだ。

「やめて、私の頭はそういうのじゃない」

「……それにしても、こいつは何もしないな」

働く神代《かみしろ》たちを横に、リズラザは木陰に足を伸ばして休んでいる。

「ちょっとは働こうぜ」

「何が食べられるかよくわからない」

アパートの部屋を植物だらけにしたエルフのくせに、植物の知識がないというのか。

「ほら、俺が教えてやるから」

神代《かみしろ》はリズラザの手を引っ張って立ち上がらせた。

神代《かみしろ》がくわしいのは、ギルドに通い植物辞典などを暗記したからだ。知能系統への補正もあり、記憶力も上がったのだろう。

「たとえばこの草は食べられる」

神代《かみしろ》は葉っぱをリズラザの口に押し込んだ。

「苦い」

「な、苦いだろ。普通は生じゃ食べないもんな。ほらこれ、根がセリっぽいんだ」

リズラザはセリっぽい草の根を口に入れられ、すぐに吐き出す。

「すごい苦い」

「だろ、元の世界ではセリは煮て食べるんだ。あと、これがすごい」

神代《かみしろ》は黄色い実をリズラザの口に入れる。

「辛《から》い」

「そうだよな。これはそのまま食うやつはいないらしい。煮込み料理に入れるとかだって。

……うーん、これはどうだ？」

赤い実を口に放り込むと、リズラザは「甘い」とうなずく。

「じゃあこっちは？」

「まずい」

「……うーん、これは駄目そうか」

「毒味させないで」

リズラザが憤慨している。知らない草を食べさせていたのがばれてしまった。

「この辺には毒のある草がないから大丈夫だって。でも、売るにはやっぱり肉が欲しいよなあ」

「神代《かみしろ》さーん」

クレイが手を振り呼んでいるのが見えた。

三人でクレイのもとに向かうと、そこは沼地のようになっていた。

「この街の特産がカエルらしいんですよ。きっとこんな場所にいますよ」

水は泥で濁っており底がわからない。危険な生き物がいる可能性もある。

「バッタをエサに釣ろうとしたんですが、ぜんぜん反応がありません」

クレイが紐《ひも》に結ばれたバッタを見せる。

「飛んだり光ったりするものに反応するっていうよなあ……」

神代《かみしろ》はリズラザのフードから寝ていたベスを取りだす。

《……ん、なに？》

紐《ひも》で縛られたベスが目を覚ました。

「ちょっとさ、この沼のすれすれを飛んでみてくれよ。食欲がわくようなっていうか、相手を挑発する感じで」

《はあ？　何言ってんだこの人》

それでもベスは羽音を立てながら沼を飛ぶ。

《なんか汚い沼だねえ……わっ》

いきなりベスが消えた。

「釣れた！　肉が釣れた！」

カエルの長い舌でからめとられたのだ。紐《ひも》をぐいっと引っ張ると、巨大なカエルが沼の茂みから引きずり出される。

「おお、ちょっとあれだな……」

気味の悪さと大きさに神代《かみしろ》たちはドン引きした。

《いいから助けろ！》

カエルの口の中でベスが暴れている。

＊

馬車待ちの冒険者や、さらにはこの街にも遺跡があるらしく駅前はにぎわっていた。

クレイがため息をつく。即席の屋台を作ったのだが客が来ない。

「売れませんねえ」

「帝国軍横流しのスープだよ」

「肉を食って力を入れないと死ぬぞ」

周囲の屋台には客が行列を作っている。

「帝国軍が通ったので、物資が横流しされてるんですねえ」

騎士たちの豪勢な物資が横流しされたとしたら、神代《かみしろ》たちが用意した貧相な食事など目を向けられるはずがなかった。

「くそっ、横流しとか取り締まれないのか」

「そういうルールは、あってないようなものですからねえ」

やはり金を得るには、冒険者たちが欲しがっているものを売るしかない。そもそも自分たちは、ご飯を作る道具もほとんど持たずに出てきてしまった。飲食の本職にかなうわけがない。

《ほんとさあ、お前ら反省しろよ》

全身がベッタベタのベスが睨《にら》んでいる。

《神聖な妖精でカエルを釣って、さらにグロいからってそのまま逃がしやがって。ガキじゃないんだから、もっと生産性のあることをやれよ馬鹿》

「異世界人だからって無双できると思ってたんだなあ」

神代《かみしろ》は妖精に罵倒されながら反省した。唐揚げとかカレーライスを作ればそれだけでいいと思っていた。だが、鶏肉《とりにく》を油で揚げたり、スパイスを調合したりはこの世界の人間でも気づくのだ。さらにこの世界には多くの召喚者がいる。

「他に何かを売ろうにも、僕らは何ももってませんからねぇ」

「他に売るものか……」

「お花を売りましょうか」

ライアがびっくりするほど純真なことを言う。

「女の人が花を売っていると誤解されるかも」

この世界の花売りの少女は、花と一緒に自分の体を売るという噂《うわさ》を聞いたことがある。

「花売りとは隠語で売春なんですが、そう期待させて花だけ売る作戦です」

「知ってたんですか！　ていうか、そういうの本当に駄目ですよ」

貧乏によって、どんどん神代《かみしろ》の女神様が汚れていく……。

「……いや、そうか」

神代《かみしろ》はふと気づいた。ここには美女が二人もいるじゃないか。食べ物は売れずとも、先ほどから冒険者たちの注目を集めている。

「変なこと考えてる」

視線に、リズラザが自分の体を隠す仕草をした。

「やるしかない。自分の体で稼ぐしかない。管理人さんもやるんです！」

神代《かみしろ》はライアの手をぐいっとつかむ。


「帝国の教会が燃やされたー。それはきっと魔王の差し金。でも、私たちの帝国は魔王の魔法にくじけないー」

四人と一匹は歌っていた。

物が売れないので、情報を売るしかなかった。

駅の周辺で集めた物資で、タンバリンや笛やマラカスを作り、声質のいいライアが歌った。

この世界にはラジオやテレビはないが、その代わりに吟遊詩人などがいる。そして神代《かみしろ》たちはオウムの新聞を取っていたので、ある程度の情報を知っていた。

冒険者たちが求めているのは情報だ。

「王室の三女が消えたという話ー。魔王がさらったという噂《うわさ》がー」

歌うライアの横で、神代《かみしろ》は剣を鉄琴のようにして木の棒で叩《たた》く。クレイは布を張ったタンバリンを叩《たた》き、リズラザは笛を吹いている。

一番活躍しているのはベスだった。発光しながら飛び回り、《でも、王室の三女は鷹《たか》の勇者が取り返したって！》などと、ライアの歌に合いの手を入れている。

魔王軍の動向に王室のゴシップなどを混ぜた歌は食いつきがよかった。

《白薔薇《ばら》館でこの歌を聞いたといえば三割引きされますよおー》

さらにベスがリアルタイムにスポンサーを探してくるので、歌は混沌《こんとん》とした。

徐々に人が集まってきている。

神代《かみしろ》は剣を叩《たた》きマラカスを振りながら、熱くなっていった。昔を思いだした。東京ではあまりに時間がありあまって、一瞬だけ貧乏劇団に籍を置いたことがあった。そしてやったことは路上ライブだ。ほとんど観客はいなかったが、妙な高揚感と満足感を得たことは確かだった。

「そして、俺は勇者を目指すために戦地に向かったあー」

神代《かみしろ》もマラカスを振りながら歌に乱入する。

「貧乏でも夢をもって魔王を倒そうと剣を持ったのだー！」

七色に発光するベス。汗を飛ばしながらタンバリンを叩《たた》くクレイ。意外に真面目に演奏しているリズラザ。ライアもさらに声を張り上げる。このとき四人と一匹は間違いなく一体となった。

――とどけ魂の歌！

＊

「……俺たちは何をやってたんだろ」

神代《かみしろ》たちは駅のそばの空き地でぐったりとしていた。

ミュージシャンを目指す若者みたいなことを異世界でやってしまった。いまさら恥ずかしさが出てきたのか、クレイは無言で座り、リズラザの頭の花はしおれている。

「でも、投げ銭が集まったので、どうにかなりそうです」

ライアも明るく振る舞っているが、ぐったりと疲れている。彼女の光が貧乏の闇に負けた。

「いちおう泊まるめぼしもついたし、飯でも食いに行こうか」

計算してみたが、宿代と馬車代を抜いたらほとんど残らない。

しかたなく神代《かみしろ》は、出店で適当に食べ物を買ってくる。

「これを食べて、さっさと寝よう」

干し肉をかじりながら水のように薄い葡萄酒《ぶどうしゅ》を呑んだが、まったく酔えない。

《なんかみじめだね》

神代《かみしろ》の肩に座るベスがため息をついた。

無言で干し肉をかじっていると、神代《かみしろ》の前にぬっと人影が現れた。

「こんなところで何をしとるんじゃ」

立っていたのはヴェルグだった。

「おっさんこそ、なんでここに？」

「組合でこの駅でも武器を売っとったんじゃが……なんだそれは。妙な吟遊詩人がいると聞いて、もしやと思って来てみたら」

ヴェルグが呆《あき》れている。

「呆《あき》れられる筋合いないだろ。俺たちは自分の力で旅費を稼いだんだ」

「そうじゃない、こんなしけた面して呑んだら酒に失礼じゃろが。酒飲みにも流儀というものがあるんじゃ」

ヴェルグは言いたいだけ言うと、こっちにこいとばかりに歩きだす。

「せっかくなんで行きましょう。おごってくれそうですよ」

飲み屋に行く気力もなかったが、ライアがそう言うので仕方なく立ち上がる。

「この街って飲み屋があまりなかったよ。だから冒険者たちは出店屋台で呑んでるし」

「どんな街にも冒険者を呑ませる店ぐらいあるものじゃ」

ヴェルグは神代《かみしろ》を一喝すると、のしのしと歩いていく。

しばらく歩いてたどり着いたのは、高架下だった。使われなくなったトロッコの高架の下にずらっと店が並んでいるのだ。狭く雑然とした魔改造された場所だ。

「うわあ、高円寺とか中野みたいな場所だな」

立ち飲みの店にはミゼットがいる。ミゼットが経営する店が多いためか、全体的に小さな造りだ。

「確か、こっちにあったはずじゃが……」

ヴェルグが立ち止まり、ガタガタと木製の戸を引いた。薄暗い店をのぞくと、カウンターにはドワーフの女性の姿があった。

「世話になるぞ」

「あんたか、珍しいじゃないか」

無愛想《ぶあいそう》な女主人だった。狭い店内には誰もない。

五人は奥の狭いテーブル席に座る。窓もなく天井も低い。こんな場所で呑むなら、外のほうがよかったんじゃないか？　そんな気も知らずに、ヴェルグはエールを人数分頼む。

エールがテーブルに乱暴に置かれ、一緒に出てきたのは内臓肉の煮込みのようなものだった。なんだか匂いがきつい。

「よし、じゃあ乾杯するか」

ヴェルグの乾杯でぬるいエールを呑む。煮込みを食べてみたが、やはりクセがある。

それでもヴェルグは、今日のおすすめを聞いたり、それに合う酒を頼んだりと楽しそうだ。

ヴェルグがうまそうに酒を呑むので、なんだか無愛想《ぶあいそう》だった女主人ものってきた。別の酒を出したり、さらにその酒に合うおつまみを作ったりと動きだしている。

「このお酒はおいしいですね」

ハーブの酒を口にしたライアが、両手を口に添える仕草をした。

「悪くない」

しおれていたリズラザの頭の花が咲いている。気分が回復してきたようだ。

「この焼いたやつ、歯ごたえがいいですね」

クレイにも笑顔が戻っている。

「これはこの街の特産のカエル肉だよ。もっと焼いてやろうか」

なんだかドワーフの女主人もうれしそうだ。いつのまにかこの店の狭さも気にならなくなっていた。というより、この雰囲気は悪くない。

「なんかいい気分だ」

神代《かみしろ》の鬱屈していた気分も晴れていた。

「そうじゃろ、男はあんなしょぼい飲み方をしちゃいかん。酒を呑むにも流儀があるのじゃ」

悔しいがヴェルグの言うとおりだ。楽しくおいしくが冒険者の飲み方だ。

「あんたたち、広場で歌ってた人たちだね」

酒を呑んだ女主人が話しかけてくる。先ほどまでは消したい記憶だったが、今は心地よい達成感があった。

「俺たちは歌いながら戦場を目指しているんです」

そう言うと、女主人は楽しそうに笑ってくれた。

「あれ、評判よかったよ」

四人は顔を見合わせる。酔いも手伝ってやる気が出てきた。

「オリジナル脚本を入れたほうがいいのでは？」

《多少の脚色はありだね》

クレイとベスから意見が出る。

「毎日店を回ってポイント集めする話とか入れるべき」

リズラザは東京の貧乏ネタを入れたいらしい。

「じゃあもっと人がいるな」

「五人とベスで何とかなりますよ」

ライアがくすっと笑った。

「……ん、わしは組合の仕事があるから」

ヴェルグが言うと、ライアはガツンとテーブルにカップを叩《たた》きつけた。

「どんなにつらい旅でも仲間がいればなんでもできます。そんな関係は剣よりも鋭利でいて、盾よりも堅固なのです」

ライアの口角が上がっていたが、目は全く笑っていない。

「それとも、二十八年四か月分を今払ってもらえると？」

「いや、それは……」

ヴェルグが縮こまってしまう。

「力を合わせて頑張りましょう。これは勇者への道です！」

ライアがカップを掲げたので、もう一度みんなで乾杯した。

そうだ、仲間がいてうまい酒が呑めれば何でもできる。

＊

それから神代《かみしろ》たちは、歌いながら戦場のカサンドラ平原を目指した。

五人と一匹の歌は、戦場に近づくにつれて変化し、オリジナルの冒険活劇などに昇華されていった。

「冒険者たちと同じペースで移動していたから歌劇の常連とかも出てさ、管理人さんは歌劇団の女神とか言われてるほどなんだ。クレイも器用だし、リザも意外に頑張ってる。そんなことしながら俺たちはやっと終点にたどり着いた」

手を離すとオウムが広大な平原を飛んでいく。ここはカサンドラ平原だった。

六号室のニートあてに電報オウムを送ったところだった。

一週間ほどの時間をかけて、ついに戦場にたどり着いたのだ。

馬車道終点の街のギルドにて、神代《かみしろ》たちは平原の南端のカリオペという街への配属が決まった。

そして街から無料の馬車で途中まで進み、あとは徒歩だ。

「カリオペでよかったです」

クレイはにこにこと歩いている。

「知ってるのか？」

「勇者様が拠点とした街と言い伝えがあるんですよ」

「実際にそうなのか？」

神代《かみしろ》はリズラザのフードの中のベスに聞く。

《うーん、確かにカリオペと勇者は関わりがあるらしいよ。なんか多種族をまとめて魔王軍の残党と戦ったとか、その名残でカリオペはいまだに多種族が暮らしているとか」

「なんかはっきりしないな」

《赤い季節の情報はちょっと混濁しているんだよね。勇者は魔王の心臓を剣で貫き封印した。その後、魔王軍の残党と戦った本拠地だったとされてるんだけど、私も実際に見たわけじゃなくて、又聞きなのよねえ。あのときって混沌《こんとん》としすぎて情報がめちゃくちゃだったから》

「カリオペは懐《なつ》かしい」

「でた、リザのまったく覚えてないってやつ」

「母が住んでいた街だから」

「あ、ごめん。いつもの鮮明さゼロのやつかと思った」

リズラザはパーカーのポケットに手を入れながら歩いている。

「母を探して、少しだけ私も住んでたことがあるの」

「リザのお母さんは、前の戦争経験者なのか？」

「うん。勇者とも実際に会ってる。でも、お母さんは勇者のことをあまり話したがらなかった。戦争が終わったあと、カリオペから立ち去り、様々な街をめぐってあのアパートに……」

「そっか。リザにもいろいろあったんだな」

怠惰で飽きっぽく寝てばかりで、それでいて飯は食うだけのエルフかと思っていた。

「いまだにドワーフも住んでいるというしのう。戦争の名残じゃな」

ヴェルグは結局、神代《かみしろ》たちとカサンドラまで来ていた。このおっさんは意外にも声がでかく、歌劇の人気者になっていた。

「多種族が住んでいるのは勇者様の力ですね。真の勇者は多種族をまとめることができるのです。そしてそれは勇者がいなくなった今でも残っているのでしょう」

ライアがカリオペに目をやっている。

「詳しいですね」

「週刊勇者オウムの受け売りですけどね」

ライアはぺろっと舌を出した。

「勇者のいた街か」

百年前の出来事でも伝説として残っている。そしてそこの住人たちに愛されたのだ。カリオペの街に配属されたのは運命かもしれない。

「でも、今回の戦争では活躍できないですね。カリオペは魔王軍と帝国軍の激突予定地から離れている場所ですし」

「そうなのか？」

「だから冒険者たちの姿もほとんどないでしょう。僕らがいるから、神代《かみしろ》さんはカリオペ配属になったんでしょうね」

クレイが言う。ミゼットとエルフとドワーフの混成チームなのだ。だから多種族のいる街の護衛に回されたと。

街の門が見えてきた。

樹木を利用した城壁がある。あそこで勇者は勇敢に戦ったのだ。

「やるしかないな」と、神代《かみしろ》はぎゅっと剣を握る。

「ゆっくりでいいですよ。まずはやれることから頑張りましょう」

そう笑ってくれたのはライアだ。なんだか彼女がいるだけでなんでもできる気がする。

カリオペは美しい街だった。

整備された街並みと咲き乱れる花。戦争の傷跡はすべて消えている。

ミゼットやドワーフ、エルフや獣人たちが穏やかに暮らしているのだ。この世界に来て日は浅かったが、神代《かみしろ》はそんな街を初めて目にした。基本的に異種族の関係は険悪であるとされていたからだ。

＊

「やっぱり勇者の影響なんでしょうね」

「でも気づいたことがある。この街って人間だけがいないですよね」

神代《かみしろ》とライアは街の公園のベンチに二人で座っていた。

この街には帝国兵どころか冒険者がほとんど配置されていないのだ。理由はやはり人間が嫌われているからのような気がする。神代《かみしろ》とライアは街への滞在を許されたものの、誰も近寄ってこない。さらにクレイたちは仲間に会いに行くとかで、街に消えていった。

「二人きりになるの、久しぶりですね」

隣に座るライアがそんなことを言ったのでどきりとした。

「え、それはどういう……」

「いえ、事実を言っただけですが」

ライアはきょとんとしている。この人はただ純真すぎるだけで悪気はないのだ。

あのときもそうだった。神代《かみしろ》が学校を飛びだして途方に暮れていたとき、偶然に出会ったのはライアだった。

「樹《き》の下で途方に暮れていたら真っ白なワンピース姿の人がいて、最初に見たとき女神かって思いました。あのときは街が灰色に見えたけど、管理人さんだけカラフルだった」

「それは私のほうです。神代《かみしろ》さんを見たとき、心臓が痛んだというか高鳴りました。まるで剣で心臓を貫かれたかのように電気が走ったんです。私のアパートの入居を勧めたのは、ただ家賃収入を上げようという理由だけじゃなかったんです」

「家賃収入の理由もあったんですね」

「ほんの少しだけです」

ライアは頬を膨らませて怒ったふりをする。無邪気な笑顔を見て神代《かみしろ》も笑った。

「もう少し管理人さんのことを聞いていいですか？　なんで管理人になったのかとか」

「私、一か月前のあの事件に巻き込まれていたらしいのです」

あの事件。神代《かみしろ》は思い当たることがあった。それは魔族の教会襲撃だ。中央教会が炎上したのは神代《かみしろ》も見た。それ以降、召喚者がこの世界に来ないのも知っている。

数人の巫女《みこ》が死傷したとされるが、どうなったのか。召喚者が来ないということは、女神の加護が失われた証拠なのでは？

だが、帝国は問題なく教会は再建されたと発表し、それ以降の情報はスキャンダル担当のオウムからしか入ってこない。

「魔物に襲われたんです？」

「わかりません。気づくと私はノームの夫妻に保護されていました。そして、二人が所有していたあのアパートの管理を買ってでたのです」

ノームの夫妻は戦争を察知し、ノームの郷に帰るところだったらしい。

「私は自分がなんであったか記憶がないのです。だから、私は自分が誰か知るために街に残ったのです」

そんな重い話があったとは知らなかった。確かにライアはこの世界のことをあまり知らなかった。しかし、記憶を失う事故にあい、一週間もたたず管理人になるとは行動が早い。

「じゃあ、俺と同じですね。俺もたった一か月前にこの世界に来たばかりです。管理人さんも召喚者のようなものですよ」

ライアはくすっと笑った。暗い過去などみじんも感じさせない表情だった。

「ほとんどの記憶は失いましたが、憶《おぼ》えていることはあるんです。たとえば勇者様の話とか。だから神代《かみしろ》さんが目指すと言ってくれたときうれしかった。そして確信しました。私の胸にぽっかり空いたこの穴を埋められるのはあなただって」

「管理人さん」

神代《かみしろ》とライアは見つめあった。これは運命じゃないかと思った。二人はこうして出会う運命だった。そうとしか考えられない……。

「……………」

気配に気づいて前を向くと、リズラザが立っていたので、二人は慌てて距離を取った。

「なんだよ、エルフ会に行ったんじゃなかったのかよ」

《エルフの会合があったけど、なんか祈りをささげるような感じだったから、抜けだしてきたんだよね》

ぴょこんとフードからベスが顔を出す。

「ハーブとか草ばかり食べてた」

「それが普通のエルフなんじゃないか?」

リズラザは毎日神代《かみしろ》の部屋に飯をたかりにくるが。

「でも、エルフのお酒を持ってきた」

リズラザは陶器のカップをそのまま持ってきていた。なんだかビールジョッキを持ったまま飲み会を抜けだしてきた感じだ。

「それはよくやった。ここで呑もうぜ」

人間の神代《かみしろ》は、この街の酒場に入れそうになかったのだ。

その酒はハーブ酒だがホップが効いた苦いビールのようだ。そんな酒を三人で回し飲みしていると、ヴェルグが木の樽《たる》を転がしながら公園に入ってきた。

「酒をもらってきたぞい」

無事にドワーフ組合と合流できたようで、街の武器屋に卸してまとまった金が入ったようだ。そしてすべて酒に換えやがった。

そしてすぐにクレイが食べ物を持って戻ってきてくれ、公園のようなスペースでそのまま宴会が始まった。

《なんかこいつら、いっつも宴会してるなあ》

ベスがあきれながら葡萄酒《ぶどうしゅ》をなめている。

「この街は主戦場から外れてますが、帝国兵士の陣地まで近いので、ミゼットたちが物資を持って集まってるんですよ。稼ぎどきらしいです」

ミゼットの情報交換の飲み会があり、クレイはそこからつまみをもらってきたようだ。チーズなどが多かったので、携帯用の七輪で火をおこして炙《あぶ》って食べる。とろとろになったチーズを同じく炙《あぶ》った硬いパンに載せて食べるとすばらしい。

「ドワーフは剣を打つー、カンカンカン、トントントン！」

ヴェルグが酒を呑みながら歌いだした。

「このおっさん、歌劇でちょっとセリフ与えてやったら調子に乗り始めたよな」

結局五人は、旅費をすべて投げ銭でまかなった。

公園で呑んでいると、いつの間にかミゼットたちが集まっていた。

「大丈夫？　無理やりじゃない？」

ミゼットがひそひそとクレイに耳打ちしている。

「違うよ、僕は自分の意思で一緒にいるから」

クレイが否定する。どうやら神代《かみしろ》がクレイを隷属させていると思われているようだ。

「剣のローンがあったり、家賃を滞納したり、夜は妖精の灯《あか》りで内職しているけど、慣れれば結構いい生活だし」

「都会でそんな生活するなら、この街に残ればいいのよ」

女の子のミゼットたちがクレイを囲んでいる。クレイはもてるタイプなのか？

「させるか。クレイがいないと俺たちの生活は破綻だ」

神代《かみしろ》はクレイの手を引っ張り、ミゼットたちから引き離す。

「クレイさんがいないと、唯一と言っていいほどの現金収入がなくなります」

ライアも同意してクレイを抱きしめる。

「……なんか、よくわからないけど駄目な感じのだ」

ミゼットたちが顔を見合わせ、ひそひそとしている。

なんだかいつの間にか公園がにぎわっている。ミゼットの他には酒を持ち込んだドワーフたちがヴェルグと騒いでいる。こちらの様子を窺《うかが》うようにする獣人たちの姿もあった。

「不思議ですね。この街の人々は人間が嫌いなんですが」

この街のミゼットがお酒を呑みながら首をかしげている。

「勇者の力でしょうか。神代《かみしろ》さんは勇者志望ですからね」

ライアの言葉に喧騒《けんそう》が一瞬だけ途切れた気がした。尊敬や称賛、疑念や呆《あき》れ、そんな複雑な表情の中で、神代《かみしろ》は別の感情を発見した。

「勇者のことを知っていますか？」

神代《かみしろ》はそばに立っていたエルフたちを見た。

若い男性のエルフたちの中心に、女性のエルフがいた。少しばかり老いを感じるが美しい。

「お久しぶりですね。憶《おぼ》えてますか、リズラザ」

彼女は優しい瞳をリズラザに向けた。

きょとんとしていたリズラザは、持っていたカップを神代《かみしろ》に押しつけ膝をつく。

「はい、昨日のことのように……」

……こいつ、絶対に憶《おぼ》えてねえ。

「よろしければお名前を伺《うかが》ってもよろしいですか」

神代《かみしろ》がそっと尋ねる。

「私はこの街に住むエルフのナタリアです。リズラザの母とは親友でした」

「あっ、あー、憶《おぼ》えてます」

リズラザはやっと思いだしたようだ。

「母を追って都会に出たと聞きましたが、生活はどうですか？」

「真面目に……やってます。勉強する毎日です」

そのセリフに、神代《かみしろ》とライアがびくっと驚いてしまい、リズラザに睨《にら》まれる。

「この人に言えば、滞納家賃を肩代わりしてくれるかも」

神代《かみしろ》がライアに耳打ちすると、リズラザがぎゅーと神代《かみしろ》の腕をつねった。

「私は、この思い出の街を守りに来ました」

リズラザがしれっと言う。確かこいつは飯のために来たような……。

「それでは戻りなさい。ここにいる必要はありません」

ナタリアは優しく笑いかけた。

「あの、でも俺たちは戦いに来たのは本当なんです。主戦場からは外れてますが、もしかしたらはぐれモンスターの襲撃があるかもしれません」

神代《かみしろ》は戸惑いつつも割って入った。

「あなたは勇者を目指しているのですか」

「はい、えっと、といっても駆け出しですが」

ナタリアに神代《かみしろ》を馬鹿にした様子はまったくない。

「勇者というのは概念です。自らを犠牲にして戦い、いつの間にか与えられるこの世界での究極の称号です」

ナタリアは勇者を知っている。そうだ赤い季節はたった百年前なのだ。長寿のエルフは実際に会ったことがある。

「女神の加護を受けた勇者とはどうだったのです?」

「盾を持ってました」

ナタリアは青い瞳をこちらに向けた。

「つまり女神の加護があろうとも、不死身ではありません」

よくあることだとは思った。勇者伝説は伝達の過程で過大に膨れ上がった。魔物を狩り世界を救った不死身の勇者。だが、そんなことはどうでもいい。存在したことは確かだった。そしてこの街で戦った。

「それでも、あなたは勇者の素質があるのかもしれません。彼の周りには多くの種族が垣根を越えて集まっていましたから」

ナタリアは公園の騒ぎを見つめている。

「もう少し話を聞かせてください」

「伝説の通りですよ。魔王は殺戮《さつりく》者と呼ばれる存在を召喚し世界を混沌《こんとん》に導く。魔王は後に魔族と呼ばれる一種族に肩入れしました。実体を持たない魔王には魅了の魔力があり、魔族は魔王を神格化したまま多種族と戦いました」

……魔族。魔王に忠誠を誓った種族とされるが、神代《かみしろ》は未《いま》だに見たことがなかった。

「対して女神は治癒の極致。死者すらをよみがえらせ守護者にして自らを守らせる」

殺戮《さつりく》者というのは魔物のことか。そして守護者とは神代《かみしろ》のような召喚者のことか？

「実体を持たない魔王を倒すにはどうするか。女神の神聖な魔力により魔王を具現化させ、勇者は心臓に剣を突き刺した。魔王は死にはしなかったものの封じられ、女神の魔力も枯渇《こかつ》し、能力のほとんどを失った。加護を失った勇者はこの街で魔王軍との残党と戦い、大きな傷を負いました」

本格的な戦いは、魔王と女神の力を失ってからだった。

「この街は魔王軍の残党に囲まれ、絶望的な状況でした。怪我《けが》をした勇者はこの街の神木で傷を癒《いや》そうとしました。しかし、すでに女神の力は失われていた」

神木とは遠く離れていても女神の力を受けることができるという木だ。勇者は神木を介して治癒を受けようとしたが、女神の力は失われ傷が癒えることはなかった。

「……という街のお話です」

ナタリアの話は終わってしまった。

神代《かみしろ》は考える。その話が真実だとしたら、この街が残っているはずがない。魔王軍の残党に蹂躙《じゅうりん》され破壊されたはずだからだ。

では、なんでこの街は残っている？

「この話の続きがわかれば、あなたの取るべき行動もわかるはずです」

megami na apart
kanrinin
an to hajimeru
isekai yuusha keikaku

5

異世界の妖精は勇者の夢を見る

「どうでしょうか」

目の前には修道服に身を包んだライアがいる。

「うーん、このかわいらしい人に見覚えがあるな。うちのアパートの管理人さんに似てる」

「えへへ、その管理人さんですよ」

ここは街の教会だった。質素な教会の中には勇者を模した木像があり、銀色に光る剣を握っている。

「そしてこれが聖剣です」

「かっこいいなあ。レプリカだけど」

住人から剣はレプリカであると聞いていた。本物は帝国に回収されたようだ。というより、本物が実在するのかも怪しい。

「こういうのは気持ちの問題です」

ライアは箒《ほうき》を持っている。カリオペの街に来てから三日が経《た》っているが、何事も起こらない
ので教会でアルバイトをしているのだ。

「神代《かみしろ》さんもいずれはこうなるのですね。ですから、ここを守ることが私のお仕事」

ライアの目がキラキラとしている。どうも彼女は勇者に対して特別な感情を持っている。

なんだか恥ずかしかった。こんなに派手にまつられる存在を目指そうとしていること。そし
てライアがそんな勇者に神代《かみしろ》を重ねていること。

「ちょっと、俺は様子を見てきます」

居心地の悪さに神代《かみしろ》は教会から離れることにした。

街を歩いているとクレイが声をかけてきた。

「神代《かみしろ》さーん」

なんだか機嫌がいいと思ったら、クレイはボウガンを手にしている。小型のクロスボウで、ボルトと呼ばれる矢を飛ばすのだ。ハンドルで弦《つる》を引けるので、非力なクレイでも扱える。

「新しい武器を買いました。当然ローンですけど」

神代《かみしろ》とクレイは並んで街を歩く。

「でもさ、なんか、ぜんぜん動きがないよな」

街はまったく平穏だ。カサンドラ平原では魔王軍と帝国軍がにらみ合っているというが、交戦したという話はまったく出ていない。

「どっちも大軍ですから、動きにくいんでしょう」

道をしばらく歩くと巨大な樹《き》が見えてくる。

街の中心部にある巨大な樹木。葉は真っ白だ。

この街が守ってきた神木らしい。治癒の極致と表現される女神は、この世界に木々を与えてきた。そして同じように樹《き》を使って加護を与えると。

「綺麗《きれい》ですねえ。そのうえ女神様の声が聞こえるとか」

「神木っていうのは、アンテナのようなものなのかねえ」

やることがないので、神代《かみしろ》はこうして街の観光をしていた。

『三時間後に交戦開始との噂《うわさ》が』

神木にとまったオウムが言う。オウムたちはそんな情報を持ってくるが、ほとんどがガセだった。なかなか戦いは始まらない。

『もうすぐ食料が尽きそうだから早めに帰ってきて。水道橋横のアパートの住人へ』

電報オウムがしゃべっている。あの六号室のニートの電報だった。

「あいつ、外に出りゃいいのに」

神代《かみしろ》はオウムを呼び寄せ、パンくずをやった。そして「なるべく早く帰るようにするから頑張れ」と、メッセージを与えると水道橋の街のほうに飛んでいった。

「平原の様子を見に行きましょうか」

「でも、きっとガセネタだと思うよ」

「ほかにやることもないですし」

神代《かみしろ》とクレイはカーゴのボンゴレに乗って平原に出かけることにした。

街の外に向かって走っているとベスも合流する。

《なんか、エルフって祈ってばかりなんだよね》

ベスも暇なようだ。相変わらずドワーフたちは適当に武器を売っては呑《の》んでいる。

カリオペの木々でできた防壁を抜けて平原に出る。

ここから一時間走れば帝国軍が見えてくるはずだ。

「なんか平和だなあ」

周辺はダチョウのような鳥や鹿が草を食《は》んでいる。そんな光景を見ながら走るのは日本では無理だった。

「頭に顎をのせないでください」

クレイを抱きかかえるようにして乗っているので、ついそうしてしまう。

「冒険者のキャンプが見えてきたな」

この周辺の警護を依頼された冒険者たちは、草原をベースにしている。

「カリオペで過ごせばいいのにな」

《カリオペは人間を拒絶してる感じだねえ。君と管理人さんはなんかレアケースっていうか》

「やっぱそうなのか」

神代《かみしろ》はエルフやドワーフと一緒だったから入れたのだろう。

「こっちに配属された冒険者たちは、遺跡探しをしてますよ」

こっちまで戦火が広がらないとふんでいるようだ。

「何もしなくても防衛の金はもらえるからなあ」

神代《かみしろ》もそうだが、冒険者ランクが最下層なので収入がとても少ない。だからこそ、神代《かみしろ》は名声を上げたいところなのだが。

冒険者たちのキャンプ地を抜けて、さらに走る。

「ミゼットの姿が多いな」

「冒険者たちのガイドの他にも、戦争があればバイトもありますので、他の街からも集まってきてるんでしょう」

「バイトってどういうのがあるんだ？」

「僕もやったことありますが、たとえば矢の検品です。延々と矢を調べるって仕事で、心が死にそうになるんです」

「この世界も心を殺すバイトがあるんだな」

ほんの少しだけ東京を思いだした。工場でペットボトルの検品をするバイトは、その日の昼休みに逃げだした。

《あ、見えてきたよ》

さらに走るとベスが声を上げた。

帝国軍の陣地だ。騎馬隊たちが周囲を警戒するように走っている。

「魔王軍は森の中ですね」

クレイが指をさしたのは深緑の樹海だ。オークやゴブリンを有する魔王サイドは、樹海がホームグラウンドなのだ。森の中から帝国軍の動きを見張っているのだろう。

しばらく距離を置いて見つめていると、こちらに単騎で走ってくる騎馬がいた。
白地にゴールドの鎧《よろい》姿は鷹《たか》の軍団だ。
《ねえ、あれをやるチャンスだよ。私が考案した一攫千金《いっかくせんきん》のやつ》
ベスに耳打ちされ、神代《かみしろ》は急いでボンゴレから降りる。
この周辺は草が生い茂っており見通しがよくない。
《今よ！》
走ってくる騎馬にタイミングを合わせて神代《かみしろ》は飛びだした。
「うわああああ！」
神代《かみしろ》は騎馬の前に転がって悲鳴を上げる。
《あー、帝国最強の鷹《たか》の軍団の騎士があ、善良な一般市民に追突した！》
ベスが大げさに騒いでいる。
「うわあ、痛いよお！　きっと骨が折れたよお」
騎馬に接触してもいなかったが神代《かみしろ》は叫び、ベスが騎馬に飛んでいく。
《治療費だけ払ってもらえれば、私が穏便に済ませますけど、どうします？》
白馬に乗った鷹《たか》の騎士は、兜《かぶと》をかぶったまま首をすくめる仕草をした。
「それって、当たり屋じゃない」
兜《かぶと》のフェイスガードを上げると、ミサキの顔が見えた。

「そういう悪い文化をこっちに持ち込まないで」

鷹《たか》の勇者のミサキだ。彼女もこの戦場に来ていたのだ。

「ほんと、この人に助けられたかと思うと……」

ミサキは心底呆《あき》れた様子で、ぶつぶつとつぶやいている。

「すいません、あとで僕が叱っておきますので」

クレイはとても恥ずかしそうに謝っている。

「ほら、変な感じになるって言っただろ」

神代《かみしろ》はベスに悪態をついて立ち上がった。

「戦争に参加しているのね」

ミサキが神代《かみしろ》に視線を向ける。

「冒険者としてね」

「合格おめでとう」

ミサキは素直にそう言った。

「それより、単独行動していいのか？」

「勇者は自由っていうか、ほとんどシンボルみたいなもので戦わないの。それより、ちょっと雲行きが怪しいから、これ以上近づかないほうがいい」

「じゃあ、交戦情報はガセじゃなかったのか」

平原を見ると、帝国の正規軍の弓兵たちが前進している。その前には大きな盾を持った重歩兵がいる。いよいよ始まるのか……。

……と、なんの前触れもなく弓兵が矢を放つ。

何百本もの矢が弧を描くように飛んでいき、平原に落ちていく。

今度は魔王軍からの反撃があった。樹海から矢が飛んでくるが、まったく届かずに平原に落ちる。そんなやり取りが繰り返された。

「ああ、もったいない……」

クレイが顔をしかめる。内職でちまちま作った矢が、こんな無駄な形で消費されている。

「膠着《こうちゃく》状態っていうか、ずっとあんな感じよ」

ミサキは本格的な交戦がなくほっとしている様子だ。

弓兵たちはしばらくすると自陣に引き上げていく。今日の戦いはこれで終わりのようだ。

《なんか談合してる感じじゃない？》

「確かにそんな感じだ。でも、帝国軍は妙に警戒してるっていうか……」

弓兵たちの後ろにいるのは帝国の正規軍だ。騎馬隊はがっしりとした陣形を組み何かを守っている。

「あの騎士か？」

ひときわ光を放つ鎧《よろい》姿の騎士がいる。体格的に女性のようだが……。

「内緒だけどお姫様が参加してる。王室の三女のアイシス様」

「やっぱさ、この世界って位が高いほど強い感じなの？」

「まさか。アイシス様はちょっとおてんばで、婚約を破棄したり、冒険者になろうとしたり大変なの。でも軍隊には人気があるの」

「へえ」

そのお姫様がこちらを見たような気がした。

「それより、あなたはカリオペの近くの遺跡を探索しな。帝国軍がモンスターをこっちに引き付けてるから安全だって噂《うわさ》がある」

遺跡が見つかったから冒険者たちが集まっていたようだ。

これ以上の戦いはなさそうだと、神代《かみしろ》たちはミサキに別れを告げた。

《その遺跡とやらを見て帰ろうよ》

好奇心旺盛なベスが言うので、少し寄り道をして帰ることにする。

遺跡はカリオペの北側の樹海で見つかったらしい。

偵察の鳥やミゼットなどを使い、遺跡の中には生き物らしきものがいないと判明したらしく、冒険者たちは戦争そっちのけで探索を始めたようだ。

「……なんか僕らは無理そうですね」

遺跡の入り口に着いた神代《かみしろ》とクレイは呆然《ぼうぜん》とする。

すでに遺跡探索は冒険者たちが仕切っていた。

「あのAランクの冒険者チームだ」

ギルドでサーベルタイガー討伐の依頼を受けていたゴールデンアクスだ。彼らも遠征に来てここを発見したらしい。

そして彼らが場を取り仕切っていた。自分たちは遺跡の調査をせず、下請けに出すようなあのやり方だ。だが、他の冒険者たちもゴールデンアクスには逆らえず、また、コネを作っておいたほうがいいだろうと言いなりだ。

神代《かみしろ》のような最低ランクの冒険者は探索から排除されるだろう。

「ほんと、自由がないよな」

「必要悪でもあるんですけどね。仕切る人がいないと冒険者同士での殺し合いとか始まったことがありますから」

「だからって、俺はあんな連中に媚《こ》びないけどな」

遺跡の入り口を遠巻きに見ていると、ゴールデンアクスのメンバーの男が声をかけてきた。

「お前、新人冒険者か？　水道橋のギルドで騒いでいたよな」

うなずくと、神代《かみしろ》たちにも仕事をくれた。それは入り口近くにあった石板の修復だ。文字が書かれていたようだが、入り口を破壊していたときに一緒に壊れたらしい。

神代《かみしろ》とクレイは、バラバラに壊れた石板をパズルのように修復する。

「いやー、意外にいい人たちだな」

「先払いしてくれるなんて」

彼らはライアの胴上げを見ていたらしい。

派手に喜んだ甲斐《かい》があったと、神代《かみしろ》たちは遺跡から少し離れた場所でパズルをする。

《銅貨五枚で安い人たちだなあ》

ベスはあきれている。遺跡の入り口はあわただしく、石像やら木片などが運びだされている。

今のところこれといったものは見つかっていないらしい。

「ゲームのようにモンスターがいないのがいいよな。閉ざされた場所はエサとかもないし」

「そのかわりトラップとかはありますけどね」

話しながらも石板が組み立てられていく。確かに文字が書いてあるが読めない。

《守護者たち、を、封印？》

「お、読めるのか？　どこの言葉？」

《どっかで見たことあるけど、どこの文字だったかな……ん？》

ベスが遺跡に向いた。

《あのさ、何か感じない？》

「何かって？」

神代《かみしろ》の背筋がいきなりぞくりとした。このとてつもなく禍々《まがまが》しい感覚は……。

神代《かみしろ》が立ち上がったと同時に、遺跡の入り口に姿を現したものがあった。

「うあああ……」

うめき声をあげながら出てきたのは冒険者だった。全身を真っ赤に染め、右腕を失っている。左手で腹を押さえていたが、血と一緒に内臓が垂れている。

「魔獣だ」

あの樹海迷宮で遭遇した危険な魔力。あの殺戮《さつりく》マシーンが遺跡の中にいる。

「おい、何があった!」

入り口にいた冒険者が駆け寄る。

「危ない!」

神代《かみしろ》が叫んだときには遅かった。遺跡から何かが飛びだし、冒険者の男はその場に崩れ落ちる。ワンダリングハウンドだった。魔物が喉笛を食いちぎった。

それでも高レベルの冒険者たちが集まっているので、立ち直りは早かった。

「落ち着け!」

ゴールデンアクスのメンバーが中心となり、すぐにワンダリングハウンドに武器が向けられる。数の利を生かしてワンダリングハウンドをあっさりと串刺しにしたが、さらに遺跡から次が飛び出してくる。

「入り口をふさげ!」

遺跡の中に魔物がいたのだ。そして獲物が来るまで機能を停止していた。

魔獣は魔力で動くマシーンのようなもので、普段は生命活動をしていない。ゆえに偵察の鳥やミゼットが気づかなかった。

「クレイは後ろに」

神代《かみしろ》は覚悟を決めて剣を握る。ワンダリングハウンドなら戦ったことがある。群れで獲物を狩るよう設計された狼《おおかみ》のような魔物。だが、樹海ではなく遺跡の狭い出入り口ならば迎撃できるはずだ。

《ねえ、逃げたほうがいいよ》

いつになくベスが慌てている。

冒険者たちが駆け回るワンダリングハウンドを制圧し、どうにか入り口をふさいだときだった。ドスンと地響きが起こった。

遺跡がガラガラと崩れ、巨大な手が出現する。崩れた遺跡から出現したのは巨人だった。

《サイクロプス》

一つ目の巨人は、赤い季節が終わってから出現を確認していないと学校で学んだ。そして凶悪なほどに強い。ワンダリングハウンドの危険度がCとすると、サイクロプスはAだ。そんな魔物がなんでここに……。

「ああ……」

神代《かみしろ》は真っ赤な眼光を見てしまった。体がびりびりと痺《しび》れて痛みを感じる。

さらに咆哮《ほうこう》。巨人の叫びに心臓が凍りついたかのように感じた。

《しっかりして！》

ベスに頬を叩《たた》かれて我に返る。

サイクロプスの出現により、冒険者たちは総崩れになっていた。さらにワンダリングハウンドが遺跡から飛びだしパニック状態だ。

そんなワンダリングハウンドの中に妙なものがいた。血のように真っ赤なあの獣は……。

《ヘルハウンドもいる！　あのかぎ爪に毒があるから絶対に攻撃されないで！》

「神代《かみしろ》さん！」

クレイの叫びとほぼ同時に冒険者たちがバタバタと倒れる。

矢だ。森の中から矢が放たれている。

《ゴブリンが来ている》

ベスが叫ぶ。なんでゴブリンがここに？

森の民と呼ばれるモンスターのゴブリンは魔王サイドであり人間の敵だ。しかし、今は帝国軍と向かい合っているはずで、こんな場所にいるはずがなかった。

「逃げるぞ、早く！」

魔物にゴブリンまでいたら戦えない。神代《かみしろ》はクレイを抱きかかえると、繋《つな》いでいたボンゴレに飛び乗る。そのまま森の外へカーゴを走らせた。

ピュンピュンと矢の音が聞こえる。はぐれゴブリンではなく、軍隊として組織されたゴブリンだ。

《うわ、オークもいる》

「馬鹿、隠れてろ」

神代《かみしろ》はベスをポケットに突っ込むとカーゴを走らせる。木々をよけて走り森を抜ける。

「ああ……」

カーゴで逃げる冒険者に、ワンダリングハウンドが飛び掛かっている光景があった。さらに魔物たちが目指しているのは……。

「カリオペだ」

魔物はカリオペの方角に走っている。

《後ろ！》

ベスが叫ぶ。ワンダリングハウンドが背後から走ってくる。狙われてしまった。

「ちょっと支えてください」

クレイがカーゴの上で立ち上がる。ボウガンで狙う気だ。

神代《かみしろ》は右手で手綱を操りながらクレイを支える。

クレイは揺れるカーゴの上でボルトを放つ。――しかし当たらない。

「神代《かみしろ》さん、ボルトを！」

ボウガン専用の小さな矢は、胸の鎧《よろい》についている。

手綱を操作しながら必死にボルトを取ろうとする。間違って鎧《よろい》のフックを外してしまったりと、悪戦苦闘しながらボルトを手渡す。

「当たれ！」

クレイがボルトを放ち、ワンダリングハウンドがバランスを崩して転倒した。

「よくやった」

「はい！」

クレイがうなずいたとき、ボロンと胸の鎧《よろい》が外れてしまった。

「わっ、わっ、なんで」

必死にクレイが胸を隠している。

「ごめん、間違えてフックを。……ていうか動かないでくれ」

アンダーがずれてクレイの胸が露出している。落ちそうになったクレイを支えたため、神代《かみしろ》は胸に顔をうずめるような形になってしまった。

「神代《かみしろ》さんの馬鹿！」

「大丈夫、クレイは男の子だから！」

「男ですけど、駄目なの！」

《それどころじゃないでしょ！》

ベスが叫ぶ。背後を向くと森からサイクロプスが出てきた。その背後にはゴブリンやオークの姿もある。魔物とモンスターが徒党を組んでいる。

「なんでここに軍団が……」

帝国軍の布陣を破れないから迂回《うかい》してきたのか？

……いや違う。初めからカリオペが目的だったとしか考えられない。

魔王軍は帝国軍と戦うようなそぶりを見せなかった。しかし、あれだけのモンスターが移動したならば帝国軍も気づくはずではないか？　それなのになんで冒険者たちに警告がなかったのか。

「早く街に戻って警告しないと」

鎧《よろい》をつけなおしたクレイが言う。そうだ、あの街にはライアやリズラザがいる。いろいろと考えるのは後でだ。

カーゴを走らせカリオペの門を潜《くぐ》り抜《ぬ》ける。

「襲撃だ！」

神代《かみしろ》は叫ぶ。すでに見張りのミゼットたちが気づいていたのか、街は慌ただしい。

「くそっ」

荷物を持って逃げるミゼットなどが多く混乱している。

「クレイ、リザを頼む。すぐに街から逃げるんだ」

神代《かみしろ》はカーゴから飛び降りた。ヴェルグはドワーフ組合で街の外に武器を売りに行っているだろうか。一番心配なのはライアだ。早く見つけて連れて逃げないと……。

神代《かみしろ》はクレイと別れて走る。

「うわあ……」

街中をワンダリングハウンドが走り抜けていく。すでに魔物の侵入を許している。

《あの魔物たち、何かに反応してる》

ベスが言うように、確かに魔物たちは街のどこかに向かっている。

「教会か？」

魔物が向かう先には勇者を祀《まつ》る教会がある。勇者の痕跡に反応しているのか？

そしてライアも教会だ。勇者を敬愛するライアは教会でアルバイトをやっていた。

なんだか嫌な予感がする。やる気のない帝国軍と魔王軍のにらみ合いもそうだ。初めから何かがおかしかった。この街はなんなんだ……。

神代《かみしろ》は教会への石段を駆け上がる。

《わあ……》

先に飛んでいったベスが唖然《あぜん》としている。

息を切らしながら階段を上がりきった神代《かみしろ》は、血の臭いにむせた。

教会の入り口には庭師のミゼットたちが血まみれで倒れていた。

殺戮《さつりく》の元凶は――死んでいた。巨大な獣の死骸は毒を持つというヘルハウンドだ。

教会の守護者のエルフの戦士たちが殺したようだ。

そして血を流すライアの姿……。

「管理人さん！」

神代《かみしろ》はライアに駆け寄った。彼女はあの勇者の剣を抱くようにして倒れている。

「神代《かみしろ》さん？」

神代《かみしろ》に抱き起こされたライアが目を開ける。

「なんで逃げなかったんだ」

「だって、神代《かみしろ》さんが目指す勇者の教会ですよ」

ライアは大切そうに勇者の剣をかかえている。こんなレプリカの剣を大切に守るなんて……。

《なんでこの街が襲われてるのさ！》

ベスがエルフの戦士たちに向かって声を荒らげている。

神代《かみしろ》はライアの血で濡《ぬ》れた勇者の剣のレプリカを手に取る。そして、エルフのナタリアに剣先を向けた。

「理由はわかってる。この街は勇者を裏切ったんだ」

ナタリアはここが戦場になることを知っていた。その理由はそうとしか考えられない。

守護者のエルフたちが身構えるが、ナタリアはそれを制す。

「その通りです。この街の滅びは運命なのです。赤い季節を終わらせるため、勇者を売ったのですから」

＊

勇者は魔王を倒すことに成功する。

その後はカリオペで多種族と連携して残党狩りを行った。

魔王は封印したが、それによって女神の力も失った。そんな状態で戦争は泥沼化すると思われた。……だが魔族は、カリオペの街に休戦を持ちかけた。

その条件は、魔王を倒した勇者を引き渡すこと。

カリオペは勇者を裏切ることで守られたのだ……。

《そんなことが……》

説明を聞いたベスが愕然《がくぜん》としている。勇者がいたこの街は魔王サイドにとって邪魔な街だ。

そして勇者を裏切ったこの街は人間にとっての恥部となる。

両者の利害が一致し、この街は魔物たちに破壊される。

「私たちは魔族と同盟を結ぶために勇者を売りわたしたのです。今後この世界は魔族によって支配されると理解したからです。そしてそれに関わった者たちは、この街と一緒に滅ぶつもりです……」

ナタリアは勇者の像に向かって祈りを捧《ささ》げている。

「そんなのどうでもいい」

神代《かみしろ》は血まみれのライアを抱き上げる。

「この街の運命なんてどうでもいい。俺は一緒に死ぬ気はない。……くそっ、血が止まらない」

ライアの応急処置をするも、血が流れ続けている。

「毒を受けました。残念ですが、私たちに高レベルの治癒の魔法はありません」

ナタリアが言う。エルフの魔力は治癒ではなく破壊寄りなのだ。

毒の治療ができなければライアは……。

「私は平気です。神代《かみしろ》さんは逃げてください」

ライアは無理やり笑ってみせた。

「治療の魔法を持つものは？」

エルフたちに聞いたが皆は首を振る。この街のどこかにいたとしても、この混乱の中見つけだして治療を頼むなんて、悠長なことができるはずがない。

どうする、どうすればいい……。

ライアの体から流れる血を見て、神代《かみしろ》は真っ青になった。まるで自分の血が抜けていくかのように苦しい痛みを感じる。

「頼む、誰か管理人さんを助けてくれ……」

神代《かみしろ》はライアを抱きかかえたまま懇願する。しかし、誰もが目を逸《そ》らしている。

《可能性は低いよ》

そんな中で神代《かみしろ》の視線を受け止めたのはベスだった。

《一つだけ方法がある。それは女神の加護を受けること》

確かに女神は治癒の極致の存在だ。

「でも、女神なんて……」

《ここには神木がある。神木は女神の分身のような存在。祈りが届けば治癒の祝福が受けられる。そうやって傷ついた勇者も神木で癒《いや》しを受けた》

神木。女神の祝福を受信するアンテナのような存在だ。

「女神はもうおりません。そして魔王も」

ナタリアは平然と言う。

「女神も魔王の魔力も消えています」

神代《かみしろ》は破壊された女神の教会を思いだした。女神は無事だとの帝国の発表があったが、やはり女神は失われていたというのか。

「もうこの世界には魔王も女神も必要とされないのです」

混沌《こんとん》と治癒。破壊と再生を繰り返しこの世界は進化してきた。だが、そのような天災をこの世界は求めていない。

神代《かみしろ》は思った。あの教会の炎上は魔物たちの仕業ではない。おそらく人間だ。自分たちよりも大きな力を持つ存在を恐れ——消した。

そして二つの勢力において談合があったとしたら?

女神を消す代わりに魔王も消そうと……。

《私は女神はどこかにいると信じている。か弱い力だけど、近くにすら感じる》

ベスがはっきりと言った。

どっちを信じるかではなかった。

「神木に行こう」

神代《かみしろ》は血まみれのライアを抱きかかえて立ち上がる。女神の治癒を受けるしかもう選択は残されていない。

教会から出た神代《かみしろ》は愕然《がくぜん》とする。すでに街の防衛ラインは崩壊していた。

剣戟《けんげき》が響き矢が飛び交う。魔物やモンスターが街を蹂躙《じゅうりん》している。

「行くしかない」

神代《かみしろ》は覚悟を決める。ライアを抱えて神木に行く。邪魔するやつはすべて倒してやる。

「どけ!」

混乱する街を神代《かみしろ》は走る。獲物を追っていたワンダリングハウンドが吠《ほ》える。

剣に魔力を流すイメージをすると、レプリカの剣が青白く光った。なんだかライアの血が模様のようになっている。

向かってきたハウンドに、カウンター気味に剣を合わせる。

咆哮《ほうこう》が響いてハウンドが吹っ飛んだ。すぐに立ち上がったハウンドだが、機能を損傷させたかのように体を震わせている。

「どけ、どけ！」

さらにミゼットを襲っていたハウンドを斬りつけてから走る。

「……すごい」

逃げていたミゼットたちが目を丸くしている。統制が取れていた魔物たちが動きを乱したのがわかった。魔物たちを制御する魔力に、ノイズが発生した。

《あっち、ゴブリンたちが！》

ベスが警告する。道をオークやゴブリンが封鎖している。ライアを抱えたまま単独で突っ込むのは危険だ。

だが、回り道している暇はない。考える時間すらもない。

「頼む、力を貸してくれ！」

神代《かみしろ》は青白く光る剣を掲げた。亜人やミゼットの中には戦う意思を見せている者もいる。それらの力を借りるしかない。

「あの防壁を破るんだ」

神代《かみしろ》が叫ぶと、混乱していたミゼットや亜人がほんの少しだけ秩序を取り戻した。

猫のような亜人が隊列を組んで槍《やり》を構え、ミゼットたちが弓を持つ。

こうなったら勢いだ。迷っている暇はない。

「突撃！」

神代《かみしろ》は剣を掲げながら突進した。亜人たちは牙をむき出しにして走りだす。ミゼットが矢を放ち、オークとゴブリンが一瞬だけ陣形を乱したそこに突っ込んだ。

オークの頭蓋骨を砕いた鈍い衝撃が剣に伝わる。初めて討伐したオークだったが、そんなことを気にしている暇はなかった。

亜人たちは巨軀《きょく》のオークに弾《はじ》き飛《と》ばされたが、それ以上に槍《やり》がオークを貫いた。

亜人たちが雄たけびを上げる。戦闘の種族と評される彼女らは興奮していた。

そんな局地的な勝利が街に広がり始める。魔物やモンスターが混乱し、それに乗じて反撃が始まったのだ。

そうだ、たとえ勇者を裏切った街だろうが、ほとんどの住人は勇者と戦った誇り高い街だと信じている。

「頑張れ、ライア」

「はい……」

神代《かみしろ》はライアを抱えなおしながら走る。神木はもうすぐだ。

神木の周辺はさらに戦いが激しかった。街のシンボルを守ろうと住人たちが交戦している。

そんな背後からモンスターを蹴散らし、神代《かみしろ》は神木へと突進した。

息を乱しながら真っ白な葉の神木へ近づく。抱きかかえていたライアの鼓動は悲しくなるほどに小さい。動かしたために血が流れ続けている。

神代《かみしろ》はライアを神木の下にそっと置く。その体があまりに弛緩《しかん》していてぞっとした。ライアの体から生命が失われかけている。

「女神様、この世界にまだいるのならば、お願いを聞いてください」

神代《かみしろ》は神木の前に膝をついた。

「勇者となったらこの世界のために尽くします。ですから、先に貸してください。このままだと俺は勇者としての資格を失ってしまいます」

滞納した家賃すら払えない人間が勇者になれるわけがない。ライアが死んだら永遠に返せない借金を抱えながら生きていくことになる。

「管理人さん……」

神代《かみしろ》がライアの手を握っていると、声が聞こえた。

『頑張って』

その声は聞き覚えのあるような……。

ベスが神木を見上げる。真っ白な葉が揺れて光の粒が降ってくる。

《あ……》

「血が止まった」

毒が浄化されていく。女神の治癒だ。

この世界は、まだ女神を失っていなかった……。

《動かさないほうがいい。治癒の力はとても小さい。だから時間がかかる》

振り向いた神代《かみしろ》は絶望する。

街にあの巨人が見えた。ついに街に侵入したのだ。

流れが変わったとばかりに、オークとゴブリンが声を上げる。

……やるしかない。

神代《かみしろ》は剣を握った。ライアが回復するまでここで耐えるしかない。

ゴブリンたちが錆《さ》びた短剣を振り上げ襲ってくる。その動きを読んで神代《かみしろ》は剣を振る。血しぶきが舞ってゴブリンが吹っ飛んだ。

だがモンスターの攻撃は衰えない。斬っても斬っても次が出てくる。……そんなにも神木が邪魔なのか？　そして燃やすつもりなのか？

神代《かみしろ》は絶望的な気持ちで剣を振り続ける。

街を襲っているのはモンスターの大軍だ。神代《かみしろ》がいくら剣を振ろうとも数は減らない。

オークの棍棒《こんぼう》をよけようとしたが間に合わず剣で受ける。だが、パワーの差は歴然で神代《かみしろ》は吹っ飛ばされる。

「くそ……」

剣を杖《つえ》がわりにして立ち上がると同時に、ゴブリンたちが弓を向けるのが見えた。

神代《かみしろ》に矢が降りそそぐ。いくら魔力で感知してもあの数はよけられない……。

だが、その矢は神代《かみしろ》に届く寸前で跳ね返った。

まるで空間に壁ができたように、次々に矢が弾《はじ》かれていく。

「力場を作る魔法」

背後に立っていたのはリズラザだった。こいつ、魔法を思いだしたのか？

「絶対に家賃を返すから、がんばって」

リズラザがライアに呼びかける。こいつ、本当に百年近くの滞納を返済する気だ。

リズラザはさらに魔法の詠唱を続ける。光が明滅してゴブリンたちの目をくらませる。

「これは母から教わった大切な魔法」

リズラザの母は、勇者とともに戦った。そしてこの街はリズラザにとっても母の思い出がある大切な場所なのだ。

体勢を立て直したゴブリンがリズラザに飛び掛かる。神代《かみしろ》は剣を握るが、その前にゴブリンはつんのめるように倒れた。頭をボルトで撃ち抜かれている。

「神代《かみしろ》さん！」

ボウガンを構えるクレイが叫ぶ。そして、さらにボルトがゴブリンを撃ち抜く。ミゼットたちがボウガンを使っている。クレイが連れてきてくれたのだ。

「撃て！」

ミゼットたちが次々にボルトを撃ち、ゴブリンたちが倒れていく。

「みんな……」

こんなことをして勇者に近づけるのかと疑問だった。四畳半の部屋で矢を作る内職をする日々があった。矢やボルトを作ったところで何か変わるのか、と。でも、あの日に作った一本がなければ運命は変わっていたかもしれない。

ミゼットたちがボルトを放ちゴブリンを撃退する。だが、そこに立ちはだかったモンスターがいた。それは巨軀《きょく》のオークだ。

オークは細いボルトを数本撃ち込まれたところで倒れない。分厚い筋肉と骨にボルトが阻《はば》まれる。

巨大な棍棒《こんぼう》を振り回され、ミゼットたちが逃げまどう。

神代《かみしろ》は剣を構えたがオークの数が多すぎる。

「ああっ」

逃げていたクレイが転んでしまった。そして棍棒《こんぼう》を振り上げるオークの姿。

「うおおおおおお！」

激しい雄たけびと鈍い音がしてオークが吹っ飛んだ。

岩がぶつかったのかと思ったが違う。あれは——ドワーフだ。

「ヴェルグ！」

オークより背は低いが、筋肉に包まれたドワーフの体はオークに引けを取らない。

立ち上がろうとしたオークを蹴り上げ、斧《おの》で止めを刺す。いつも飲んだくれているところしか見ていなかったので、その凶暴な動きに神代《かみしろ》は驚く。

「ぶっ殺せ！　鉱山での戦いを思いだせ！」

ヴェルグが叫び斧《おの》を掲げると、ドワーフたちが雄たけびを上げた。

「破壊王《はかいおう》ヴェルグ！」

「ガンダーヴェルグに続け！」

ヴェルグの動きはすさまじかった。巨大な斧《おの》を金属バットのように軽々と振り回してオークをなぎ倒していく。目をらんらんと光らせ叫びながら戦う姿はまさに破壊王《はかいおう》だ。このおっさん、普段は飲んだくれているのになんて動きだ。

《ガンダーヴェルグってあれだ。有名な洞窟の破壊王《はかいおう》だ》

ベスが驚いている。……なんだ洞窟の破壊王《はかいおう》って。

「殺せ！　殺せ！」

他のドワーフたちもオークに恐れていない。ドワーフたちの怒号と足踏みが地響きのように伝わってくる。

「おっさん……」

「おらあああああああああ！」

神代《かみしろ》の声など届かない。ヴェルグたちは獰猛《どうもう》にオークに襲い掛かる。溜《た》め込《こ》んでいたエネルギーが一気に爆発したかのような戦いだ。

ドワーフたちの斧《おの》により、オークの棍棒《こんぼう》は粉砕され兜《かぶと》は真っ二つに両断される。オークの分厚い頭蓋骨は砕かれ脳が弾《はじ》け飛ぶ。

ドワーフだけではない。エルフやミゼット、亜人たちが神木に集結している。多種族がまとまって戦っていた。

エルフが魔法を使い、ミゼットたちがその隙をついて矢を放つ。亜人たちがかく乱しドワーフたちが突っ込む。

神木の周辺の交戦は激化したが、徐々にモンスターが押されていく。

そしてついにモンスターたちの攻撃が凪《な》いだ。

街の住人たちの反撃で押し返したのか……。

「違う」

神代《かみしろ》は歯を食いしばる。あのサイクロプスがこっちに向かってきたのだ。

《そろそろ潮時だよ》

はっと振り返ると、ライアを抱いたリズラザが首を振っている。

まだ動かしてはいけない。もっと時間がかかる……。

しかし一つ目の巨人は止まらない。

重力を無視した巨体だ。全身が魔力に覆われどす黒く輝いている。

ドワーフたちが突っ込んだが、棍棒《こんぼう》の一振りで吹っ飛んだ。ミゼットの放つボルトは硬い皮膚に弾《はじ》かれる。エルフたちが魔法を使っているがほとんど効果がない。あの巨人の内部には莫《ばく》大《だい》な魔力が蓄積されており、攻撃魔法が効かないのだ。

……どうする？

動かせばライアは毒で死ぬだろう。しかしあの巨人を止める術はない。

サイクロプスの行進は破滅へのカウントダウンだ……。

ぎろりと一つ目がこちらを確認した。その眼光に足がすくんだ。

思った。勇者なんか目指さなきゃよかった。やっぱり大きな夢には大きなリスクがある。それがわかっていたからこそ東京では何もしなかった。ただ怠惰に時間を過ごし、そしていつかは自分なりの人生が見つかったはずだ。

でも勇者なんて自分には大きすぎた。大きすぎる夢を見ることは罪なのだ……。

「……神代《かみしろ》さん」

ライアが薄く目を開けた。

「管理人さん、ごめん。俺はもう……」

「あきらめてはいけません。私も死にませんし、あなたもそうですよ」

彼女の光はこの状況でも失われていない。

あきらめるにはまぶしすぎた。この異世界の四畳半生活は自分に生きる意味を与えてくれた。そんな場所を捨てられるわけがない。

サイクロプスの動きが一瞬だけ止まった。

リズラザが魔法の詠唱をしている。空間に力場を作りサイクロプスを止めている。

バチバチと焦げた臭いが漂う。魔力で空間が歪《ゆが》んでいる。

「止められない」

リズラザが汗を流しながら首を振る。

「よくやってくれた。あとは俺がやる」

《無理だって。あんなの倒せるの勇者だけ。女神の加護を受けて聖なる剣を持った勇者だけなんだよ》

「この世界の女神様。いるんだろ、だったら俺に加護を」

神代《かみしろ》は神木に祈る。

『頑張って』

そんな声が聞こえた気がした。

「そうだ女神様、今こそ本気を出すときだ」

この世界は女神を失っていない。

『戦って。そして、みんな生き残って』

「はい」

『みんなが帰ってきてくれないと飢え死にしちゃう』

「はい？」

……どうした女神様？　女神様も切羽つまってるのか？

「神代《かみしろ》さん。私は死にません。だからあなたも……」

ライアがうなずいた。

「だって、滞納された家賃を回収するまでは死ねません」

神代《かみしろ》はぎゅっと剣を握る。

世界を救うとは言わない。せめてあの場所だけでも守りたい……。

神代《かみしろ》はサイクロプスに向かって突進した。

「神代《かみしろ》さん！」

「小僧おお、やれえぇえ！」

クレイとヴェルグが叫んでいる。

サイクロプスが咆哮《ほうこう》し巨大な棍棒《こんぼう》を振り上げる。

剣を振りかぶった神代《かみしろ》はサイクロプスに向かって突っ込む——。

＊

「突撃！」

剣を振り上げて騎馬隊の先頭を走っているのはアイシスだった。

突然の行動に、王室の三女を守る親衛隊が続き、さらに帝国の正規軍も続くことになった。

そしてそれに引っ張られるように軍団も馬を走らせる。

「アイシス様！　止まってください」

鷹《たか》の軍団の勇者のミサキは、アイシスの馬に並走する。

「カリオペを守りなさい！」

叫ぶアイシスを先頭に、帝国軍が津波のようにカリオペの街に押し寄せる。

街を襲っていたモンスターたちが気づいたときには遅かった。

「姫を守れ！」

親衛隊の騎士たちがアイシスを守る陣形を組む。さらに帝国正規軍がその前に走り出る。そんな速度のままモンスターの軍団と激突した。

一撃で趨勢《すうせい》は決まった。

帝国軍はモンスターたちをなぎ倒す。剣で斬り、槍《やり》で突き、さらに倒れたモンスターを馬の蹄《ひづめ》で粉砕する。

そのままカリオペの門から突入する。

街を走り敵を蹂躙《じゅうりん》して破壊する。

「手を出すなと言われていたのに……」

ミサキはアイシスと並走しながらつぶやく。

カリオペの襲撃の報を受けたとき、帝国軍は動かなかった。まるでそれを予期していたようにだ。だが、それはアイシスの単独行動で破られてしまった。

しかし、戦いは一方的だった。

街の外にいたモンスターたちは散り散りになって殺されるか、森に逃げ帰っていった。

街にいたモンスターも残党狩りで死んでいく。街の住人たちが団結して戦っていたのが功を奏したのだ。援軍により一気にバランスを崩したモンスターたちは敗北した。

アイシスとミサキは親衛隊に囲まれ街に入る。

「何かを探していますか？」

ミサキはアイシスに聞く。

「この街には恩人がいるでしょ。無事だといいけど」

「もしかして、特攻はそれが理由だったんですか？」

「どうしても借りを返したいの」

アイシスは兜《かぶと》のフェイスガードを上げて笑った。

ミサキはため息をつきながらも、街を見つめた。ゴブリンやオークの死骸が転がっている。どうしてモンスターたちはこの街を襲ったのか。

「やはり勇者か」

この街が勇者を裏切ったという事実をミサキは調べていた。独自に行動を起こして、帝国が隠ぺいする情報を得たのだ。

帝国はその汚点を消したかったのか。そして魔王サイドは街に恨みがあったという解釈ならば理由は一応つくのだが……。

『サイクロプスが出たって』

『神木に赤い季節の魔獣が出現した』

スクープ狙いのオウムがしゃべりながら飛んでいる。

「赤い季節の魔獣？」

まさかそんな危険な魔物が？　だとしたらまだ戦いは終わっていない。

「危険ですよ。退却しましょう」

ミサキはそう言ったが、こちらに向かってきた斥候の騎士がアイシスに耳打ちする。

「……行きましょう、大丈夫」

アイシスはゴブリンの死骸を飛び越え馬を走らせる。

しばらく走り、神木は高台なので馬から降りて神木へと向かう。

ほぼ街中の残党狩りも終わっている。カリオペは人間を排除している街という噂《うわさ》だったが、
皮肉にも人間に守られたのだ。

ミサキはアイシスと並んで神木を目指す。この街の神木を見るのは初めてだ。女神の消えた今、神木は価値を失ったかもしれないが。

「わあ……」

アイシスが声を上げた。

真っ白に輝く神木があった。

そしてその前に巨大なサイクロプスが倒れている。

「すごい傷。一撃で倒されたのね」

アイシスが巨体を見下ろしている。

「まさか、聖剣を持つ勇者でもない限り、そんなことはできないでしょう」

近衛《このえ》兵《へい》たちがちらりとミサキを見る。もちろんミサキを含む十二人の勇者たちは関わっていない。十三人目の勇者でもいない限り……。

「勝ったぞ！」

サイクロプスの死骸を見た騎士たちが剣を掲げ雄たけびをあげた。次々に神木の周りに人々が集まり歓声が沸き起こる。

伝説の魔獣を倒したことはすぐに伝わるだろう。そしてこの大規模交戦は人間側の勝利で幕を閉じたことになる。

戦争は終わっていないが、まずは勝利した。

「それにしても……」

ミサキには疑問があった。なんで魔獣とモンスターは神木を狙ったのか……。

歓声の上がる神木を眺め、ミサキはモンスターの気配に気づいた。神木から少し離れた場所にオークが倒れていた。ミサキは剣を抜いて近づく。

腹を裂かれたオークだが、まだ息があった。

「大丈夫」

気づいた帝国兵を制してミサキはオークを確認する。

「………」

ミサキは独自に勉強したオークの言葉を耳打ちした。勇者としての知能カテゴリーの能力補正により、ミサキは様々な言語を理解できるようになっていた。

オークは神木を見つめ、口を動かしてから息を引き取った。

「死んだわ」

そばにいた帝国兵に言ってから立ち上がる。

……まさか。

オークが死《し》に際《ぎわ》に口にしたのは、女神に対しての祈りだった。

残虐なモンスターが、女神を信仰しているとはどういうことだ？　まさかモンスターたちは神木を取り返そうと街を襲ったというのか？　いや、そんなことはあり得ない。オークは魔王に属するモンスターだ。

そのとき、ミサキの頭に光が散った。

「表情がすぐれませんね」

気づくとアイシスが横にいた。

「いえ、神木を見るのが初めてだったので」

ミサキは死骸が散らばる中、神木を見上げる。

一つの仮説があった。

前の世界でも歴史は勝者によって改ざんされ続けた。それはこの世界でも同じなのでは？

この世界に女神と魔王がいることは真実だ。

そして女神の祝福を受ける種族と、魔王の強大な力を受ける種族。

もしもオークのようなモンスターが女神の祝福を受ける側だとしたら、この世界の人間は魔王の力を借りる魔族となる……。

ミサキは教会の女神像を思いだした。

心臓を貫かれ苦悶《くもん》の表情を浮かべるあの女神像。

……胸に刺さっていたのは勇者の剣ではないか？

この世界の勝者は人間だ。百年前の戦争で魔王の力を利用し勝利した人間が、利己的に事実を書き換えたとしたら。

たとえば女神と魔王を、名前だけ入れ替えるような……。

「どうしました？」

アイシスが覗《のぞ》き込んでいる。

「女神の声が聞こえるかなと。……でも聞こえませんでした」

『サイクロプスが倒された！　勇者が出たという噂《うわさ》が』

スクープオウムが神木から飛んでいく。

いつか選択をする時が来る。

このお飾りの勇者の称号を甘受するか、それとも真の勇者を目指すのか。

この世界には魔王よりも深い闇がある。

その闇を凌駕《りょうが》する光こそが、この世界には必要だ。

gami na apart
kanrinin
san to hajimeru
isekai yuusha keikaku

エピローグ

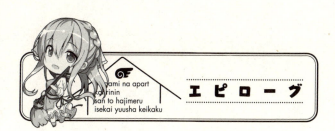

『カリオペの街で大規模交戦があったもよう。だが、鷹《たか》の軍団を中心にした帝国軍が魔王軍を撃退しました』

『今回の交戦にて、危険度Aランクの魔獣が出たとの情報が』

『カサンドラ平原から魔王軍と帝国軍が撤退しました。帝国情報部によると今回の戦闘での犠牲は極めて小さいとのこと』

夕刊オウムたちが暮れた空に飛んでいく。風が吹いて草原の草がなびいている。

《グリフィンが飛んでいるよ》

ベスが指さす空を見上げるとグリフィンが見えた。

「いつか乗ってみたいな」

リズラザが草花を抱えながら言った。

「神代《かみしろ》さん、そろそろ戻りますよー」

クレイが手を振っているのが見えた。

「戻ろうぜ」

神代《かみしろ》たちは採集した素材をカーゴのボンゴレに積んでから歩く。しばらくすると、夕日に赤く染まった水道橋が見えた。

神代《かみしろ》たちは街に帰ってきていた。そして日常の続きが始まった。採集で素材を集めたり内職をしたりの異世界生活だ。

「けっこう瓶が集まりました。これはデポジットがあるから少しお金になりますよ」

陶器の酒瓶を拾ったクレイはにこにこしている。

「遠征でもっと金が入ればなあ。俺たちがサイクロプスを倒したの、信じてくれなかったよな」

「結局、帝国軍が倒したことになったらしいですよ」

街についてギルドに寄ったが、魔獣討伐の報酬はもらえなかった。そういった魔物の報奨金を得るには、証拠となる部位が必要なのだ。

「まあいいか。ギルドの受付もなんか優しかったし」

ギルドの受付嬢は「頑張ったわね」と笑ってくれた。そして冒険者ランクに応じた正当な報酬をくれた。これが今の自分の実力だ。努力し少しずつ信用を得ればいい。

「そういや、オークの耳はおっさんが集めてたよな」

オークの耳は討伐の証拠となる。カリオペの街から耳を持ち帰っていれば、ヴェルグはまとまった金を手にしたかもしれない。

「みんなでわけよう」

リズラザが言う。彼女は仲間のエルフからカリオペに残るよう誘われたが、神代《かみしろ》たちと一緒にこの街に戻ってきていた。

水道橋沿いに歩いていると、向こうからずんぐりした人影が見えた。

「おい、臨時収入が入ったぞ！」

こちらに気づいたヴェルグが手を振っている。

「いやー、がんばったかいがあったのお」

ヴェルグは酒樽《さかだる》を抱えていた。さらに干し肉などつまみもぶら下げており、浮かれっぷりがうかがえる。

「このおっさん、全部酒に換えやがったな」

「酒はドワーフを動かすガソリンじゃからな」

「この世界にガソリンはないけどな」

神代《かみしろ》たちはいつものアパートに戻った。

階段を上がって五号室の扉を開けると、いつもの四畳半の部屋があった。

「ただいま」

神代《かみしろ》は穴から出る足に挨拶する。

「おかえりなさい」

六号室は窓がないらしく、風通しのいいこっち側に下半身を出して寝転んでいるのだ。

「あーあ」

神代《かみしろ》はニートの太ももを枕にして寝転ぶ。

「冒険者になったら何か変わると思ったけど、そうじゃないんだなあ」

戦いが終われば生活がある。冒険者になっても重要なのは生活だ。

「重い」

壁越しにニートが不満の声を上げる。

「俺たちはもっと大変だったんだからな」

ニートの膝枕は頭がすっぽりとはまる気がして気持ちいい。なんだかとても癒《いや》される……。

「なんかさあ、神木で女神の声が聞こえたんだよ」

「ふーん」

「お前、信じてないだろ」

引きこもりのニートは興味なさげだ。

「女神様はいるんだぞ。忙しい俺たちの代わりに毎日祈っとけよ」

「女神はそういうの求めてない。祈るよりもご飯をくれと思ってる」

「そんなわけないだろ」

教会が燃え、依《よ》り代《しろ》といわれる像が破壊されても、女神様はこの世界に存在している。

「でも祈ってはいるの。みんなの一日が幸せになるように全身全霊で」

十日に一回ぐらい素直なことを言いやがるので、こっちも厳しくできない。

寝っ転がっていると、さっそくクレイが内職をするために神代《かみしろ》の部屋に入ってくる。ベスとリズラザも、すでに自分の部屋のようにくつろいでいた。

「よし、帰還祝いじゃな！」

酒樽《さかだる》を抱えたヴェルグがドダドタとやって来たので、神代《かみしろ》は体を起こす。

「洞窟の破壊王《はかいおう》さんはうるさいなあ」

「その呼び方はやめい！」

ヴェルグは若かりし頃は血気盛んで、鉱山の洞窟を根城とするモンスター狩りで金を稼いでいたようだ。さらに鉱山の所有権をめぐってストライキを起こし、その先頭に立って激しく戦ったらしい。そしてついた二つ名がそれだ。

ヴェルグが酒の用意をしている。なんだか神代《かみしろ》の部屋で呑《の》むのが通例となっている。こんなことでいいのだろうか。

「なんか勇者が遠いな……」

まったく勇者のイメージがわかない。四畳半で内職をして酒を呑《の》む生活の向こうに、そんな輝かしい未来があるのか。

「大丈夫です」

神代《かみしろ》は目を細めた。最後に部屋に入ってきたのは管理人さんだった。

「神代《かみしろ》さんは私を助けてくれました。それだけで……私の勇者ですから」

ライアが微笑《ほほえ》むと光の粒が散ったかのようだ。

彼女の毒は女神によって浄化された。死ぬはずがないのだ。ライアは神代《かみしろ》にとって女神のような存在だ。そんな彼女が毒などに負けるはずがない。

神代《かみしろ》たちは毒を浄化したライアを、カリオペの安全な場所に運んで治療を続けた。回復したときには大規模交戦は終わっていた。その後に行きと同じルートを使って帰ってきたのだ。

帰りの運賃はカリオペの住人たちのカンパで賄った。

「管理人さん、病み上がりですし、お酒は……」

ライアはヴェルグから平然とお酒を受け取っている。

「お酒で消毒するのです」

……うーん、彼女がこのアパートの住人たちに毒されていく。

「まあいいか」

神代《かみしろ》も酒を手に取り、六号室のニートにも渡してやった。

「遠征の成功をお祝いしましょう」

ライアの掛け声で乾杯する。いろいろとやることも考えねばならないこともあったが、いつものようにうやむやになる……。

「ほら、乾杯」

神代《かみしろ》は壁の穴越しにニートとも乾杯する。

「世界に秩序と癒《いや》しを」

ニートは妙に真面目なことを言ってから酒を口にする。

「戦争を見て思ったんです」

ライアはカップを握りながら遠い目をしている。

「この世界の混沌《こんとん》は美しいと。破壊と死があるからこそこの世界は輝いて見えるのです」

ライアはすでに酔っぱらっている。

「はあ、異世界だなあ」

神代《かみしろ》はリズラザの横に座って窓の外を見る。

目の前にはレンガ造りの水道橋があり、その向こうには西洋風の城の輪郭がぼんやりと見える。夕方前に降った雨があがったばかりで空には虹がでている。それを背景に世界樹と呼ばれる巨大な樹《き》が見える。

「歩いていける距離なのに世界樹に行ってないよな」

《そんなもんでしょ。東京人なのに東京タワーに行ったことないって言ってたじゃん》

ベスが花びらにのせた酒を舐《な》めながら言う。

神代《かみしろ》は世界樹を眺めながら誓った。

「女神様、俺は頑張ります」

このアパートの仲間たちと、管理人さんの笑顔があればなんでもできる気がした。

その前に……。

もう少し内職をして装備を調えねばならない。身を守る防具と鋭い刃が必要だ。そして冒険者として名声を上げる。そうしたらお金も入り、その資金で遠征もできて、レアなモンスターも狩れるだろう。疲れたらみんなで酒を呑んで癒《いや》せばいい。心のケアも大切だ。金に余裕があれば、ボウガンのボルトを撃つたびに「銅貨三枚分が……」などと悲しまないし、武器が折れても落ち込まずにすむ。働いて稼ぎ節約し、金を貯《た》めるたびに勇者に近づくのだ。

神代《かみしろ》はもう一度、管理人さんと乾杯する。

「必ず勇者になります」

「はい。私はみんなの夢がかなうのを待ってます。このアパートでずっと……」

彼女が大丈夫だと微笑《ほほえ》んでくれたから踏みだせた。東京はまぶしい街ゆえに迷ってしまった。でもこの世界では二度と迷わない……。

「待ってろ、魔王」

俺たちの貯金が増えないよう祈ってろ。

あとがき

「クレイ、矢の検品飽きたよぉ」

「地道にやらないと駄目ですよ。本番で不良品が出たら生死にかかわります」

「でもずっと検品だよ。ラジオでも聞ければマシなのにな。東京の貧乏時代は暇だから野球中継ばっか聞いてたけど、この世界に野球ってあるのかな？」

「ヤキュウ？　聞いたことありませんね」

「あるわけないよな。勝ち負けに一喜一憂するのが楽しかったけど」

「勝ち負けなら、戦争とか演習とかありますけどね」

「それって本当の戦いだからなあ。あれだろ、帝国の十二方位を守る軍団があるんだっけ？」

「そうです。基本的にその軍団が守るエリアが決まっているのですよ。それぞれに旗印がありまして、砂漠エリアの『獅子』とか、密林の『虎』とか、最強の『鷹』とか」

「へえ、この水道橋のエリアはどこの軍団の管轄なんだろ？」

「ここはタイタンの旗印ですね」

「あの神話の巨人か」

「でも評判悪いですよ。金で他の軍団から有望騎士を引き抜いたりしてましてね」

「恥知らずだな。自分の軍団だけが強ければいいと思ってやがる」

「でも帝国東側の六軍団の中での最強は、魚の旗印の軍団です」

「魚！」

「昔はお金もなく弱くて貧乏赤兜ってバカにされてたんですが、住人から募金を募ったり、新しい拠点を作ったり、騎士たちを地道に育てて今では常勝軍団の称号を」

「東側の他の軍団はどうなんだ？」

「草原の飛燕とか海を守るポセイドンの旗印がありますが、ぱっとしません」

「うーん、なんか妙に懐かしさを感じるな。とても不思議なことだ」

「そして最弱なのが竜の軍団」

「ドラゴンなのに？」

「昔は強かったんですけどねえ。交戦が始まっても、最初は威勢がいいんですが、すぐ形勢逆転。補強もできずに騎士たちの世代交代にも失敗して未来がありません」

「そうなのか。この異世界でも……」

「どうすれば強くなれますかね」

「……こつこつやるしかないよな。この矢の検品のように」

「そうですね。僕らはやれることを地道にやっていきましょう」

「やっぱり地道が一番だ。頑張ろうぜ、俺たちも竜の団も！」

◉土橋真二郎著作リスト

「扉の外Ⅰ～Ⅲ」（電撃文庫）
「ツァラトゥストラへの階段1～3」（同）
「ラプンツェルの翼Ⅰ～Ⅳ」（同）
「アトリウムの恋人1～3」（同）
「楽園島からの脱出Ⅰ～Ⅱ」（同）
「OP-TICKET GAME Ⅰ～Ⅱ」（同）
「コロシアムⅠ～Ⅲ」（同）
「女の子が完全なる恋愛にときめかない3つの理由」（同）
「このセカイで私だけが歌ってる」（同）
「処刑タロット1～2」（同）
「バーチャル人狼ゲーム　今夜僕は君を吊る」（同）
「女神なアパート管理人さんと始める異世界勇者計画」（同）
「殺戮ゲームの館〈上〉〈下〉」（メディアワークス文庫）
「生贄のジレンマ〈上〉〈中〉〈下〉」（同）
「演じられたタイムトラベル」（同）
「人質のジレンマ〈上〉〈下〉」（同）
「FAKE OF THE DEAD」（同）
「AI《アイ》に負けた夏」（同）

本書に対するご意見、ご感想をお寄せください。

電撃文庫公式ホームページ 読者アンケートフォーム
https://dengekibunko.jp/
※メニューの「読者アンケート」よりお進みください。

ファンレターあて先
〒102-8584　東京都千代田区富士見1-8-19
電撃文庫編集部
「土橋真二郎先生」係
「希望つばめ先生」係

本書は書き下ろしです。

電撃文庫

女神《めがみ》なアパート管理人《かんりにん》さんと始《はじ》める異世界勇者計画《いせかいゆうしゃけいかく》

土橋真二郎《どばししんじろう》

2019年8月10日　初版発行

発行者　郡司 聡
発行　株式会社KADOKAWA
〒102-8177　東京都千代田区富士見2-13-3
0570-06-4008（ナビダイヤル）
装丁者　荻窪裕司（META＋MANIERA）
印刷　株式会社暁印刷
製本　株式会社ビルディング・ブックセンター

ISBN978-4-04-912673-0　C0193　Printed in Japan

電撃文庫　https://dengekibunko.jp/

電撃文庫創刊に際して

文庫は、我が国にとどまらず、世界の書籍の流れのなかで〝小さな巨人〟としての地位を築いてきた。古今東西の名著を、廉価で手に入りやすい形で提供してきたからこそ、人は文庫を自分の師として、また青春の想い出として、語りついできたのである。

その源を、文化的にはドイツのレクラム文庫に求めるにせよ、規模の上でイギリスのペンギンブックスに求めるにせよ、いま文庫は知識人の層の多様化に従って、ますますその意義を大きくしていると言ってよい。

文庫出版の意味するものは、激動の現代のみならず将来にわたって、大きくなることはあっても、小さくなることはないだろう。

「電撃文庫」は、そのように多様化した対象に応え、歴史に耐えうる作品を収録するのはもちろん、新しい世紀を迎えるにあたって、既成の枠をこえる新鮮で強烈なアイ・オープナーたりたい。

その特異さ故に、この存在は、かつて文庫がはじめて出版世界に登場したときと、同じ戸惑いを読書人に与えるかもしれない。

しかし、〈Changing Times,Changing Publishing〉時代は変わって、出版も変わる。時を重ねるなかで、精神の糧として、心の一隅を占めるものとして、次なる文化の担い手の若者たちに確かな評価を得られると信じて、ここに「電撃文庫」を出版する。

1993年6月10日
角川歴彦